조규영 인문시집

사람의 잔치가 시작됐다

국립중앙도서관 출판예정도서목록(CIP)

사람의 잔치가 시작됐다 : 조규영 인문시집 / 지은이 : 조규영. --
서울 : 한누리미디어, 2017
p. ; cm

ISBN 978-89-7969-760-5 03810 : ₩12000

한국 현대시 [韓國現代詩]

811.7-KDC6
895.715-DDC23 CIP2017026583

조규영 인문시집

사람의 잔치가 시작됐다

한누리미디어

시는 세월을 그린다

내가 시를 쓰는 게 아니라 시가 나를 씁니다. 내가 시인이 아니라 세월이 시인입니다.

시가 부르는 손짓 따라 오래 전에 거울 앞에 비치는 나를 바라보며 언젠가 새로운 꿈으로 피어날 예쁜 꽃씨를 심었습니다. 시적 상상력의 나래를 소원했던 그 소녀가 30년이 훌쩍 넘은 지천명의 길에서 구름 속에 감추어진 별처럼 술래의 눈을 떴습니다.

세월의 물결 속에서 손톱에 봉숭아꽃 물든 흔적은 없어도 내 마음 속까지는 지울 수 없어 가을 향기를 걸음마 삼아 울긋불긋한 단풍처럼 시인의 불을 피우고 있습니다. 이 뜨거운 불은 이슬도, 소나기도 끌 수 없습니다.

비바람에 떨어진 꽃잎일지라도 그 꽃씨는 새롭게 꿈을 꾸는 봄날을 봅니다. 이제 깊은 사색과 상상력으로 세상을 바라보는 꽃씨 같은 시인이 되렵니다.

우리 삶의 세계는 낮과 밤만 있는 게 아니라, 상상의 세계와 사이버 세계가 공존하고 있습니다. 더욱이 정치적으로 대립하고 분열된 세계를 시적 상상력을 통해 인류가 화합과 통합으로 온전하게 회복할 수 있는 구원의 방식이 예술의 근간인 시의 철학입니다.

공자께서 제자들에게 이르기를, 특히 정치하는 사람들은 시속을 통해 세상과 인생의 이치를 깨우치라고 하면서 '사무사思無邪 무불

경毋不敬 흥관군원興觀群怨' 을 말했습니다. 시에는 노래하고 춤이 되는 감흥과 기쁨이 있고, 성찰과 통찰하는 느낌과 깨달음이 있고, 배움과 마음을 갈고 닦아 사교하고 나누는 기도와 사랑이 있고, 잘 낫됨을 판단하고 비판하고 풍자하며 새날을 열어가는 안목이 있다고 했습니다.

"인문학의 꽃은 문학이고 문학의 보석은 시다"라고 한 키케로의 말처럼 오늘날 우리 시대는 인문학 시대를 맞이하고 있습니다. 우리는 그동안 후진국에서 중진국으로 올라서기 위해 선진 인류 비전과 메시지를 모방하는 훈고의 시대를 살아오면서 중진국 상위권 레벨까지 올라섰지만, 아직 선진국의 벽은 오르지 못하고 있습니다. 이제 선진국의 높은 문을 여는 길은 인문학의 토양 위에 상상과 창의의 꽃을 심어 가는 것입니다. 바로 그게 상상과 창의의 본질인 시문학입니다.

"정치를 예술처럼, 삶을 자연처럼" 시문학과 인문학의 세계를 일러주신 임영모 선생님께 깊은 감사의 말씀을 드립니다.

시를 쓰면서 세월과 자연과 인생과 정치를 새로운 눈으로 보게 되었습니다.

시가 아니면 대자연의 생각과 희로애락의 인생길을 누가 말하고 꿈꾸겠습니까? 시 쓰는 정치인으로 꽃도 나무도 그 어떤 사물도 잘 살아갈 수 있도록 '사람의 산' 이 되겠습니다.

시는 단풍도 낙엽도 똑같은 사랑입니다.

2017년 가을 글방에서

시 쓰는 정치인 조 규 영

세상길 아름답게 인생길 깨끗하게

시집《사람의 잔치가 시작됐다》출간을 축하드립니다.

세상에 사람이 하는 모든 행위는 감정과 감성의 두 언어에서 나온다고 해도 과언이 아닐 것입니다.

아름다운 창조를 생산하는 시는 자연의 공기와 같고, 흙과 꽃과 같은 것입니다.

좋은 시는 우리 인간이 살아가는 꿈이 되고 아름다운 길이 되는 것입니다. 더욱이 정치적인 동물이라고 하는 인간에게는 '악을 선으로 이기는 선의 무한한 힘' 을 가진 것이 바로 시문학 예술이라고 생각합니다.

혼탁한 정치가 권력으로 오만을 부릴 때, 권력이 부패할 때, 인간의 사랑을 정치적 권력으로 짓누를 때, 시는 인간 사랑의 존중함과 아름다움과 풍요로움을 동시에 정화시켜 주고 새로운 세계를 갖게 하는 영혼의 생명체입니다.

진정한 예술은 인간의 궁극적인 꿈인 아름다운 행복을 위해 모든 정치 행위를 예술로 승화시키는 것입니다.

그래서 정치인들은 문학예술을 사랑하고, 그 속에서 시적인 상상력과 창의력으로 새로운 문을 열어갈 수 있는 시를 통해 자연과 정치와 삶을 구현하는 방식이 '이상향' 의 세계라고 믿습니다.

"문학은 마음의 양식이다"라고 하듯이, 우리 인간은 마음을 떠나서 생각해 볼 수 없습니다. 때문에 인간의 풍요로운 영육의 완성을 위해서는 문학적인 삶을 살아가는 게 가장 행복한 삶이라고 생각합니다.

조규영 서울시의회 부의장은 자타가 공인하는 탁월한 의정활동과 남다른 시민 사랑을 몸소 실천하는 인문학적인 정치인이라고 말할 수 있습니다. 정치를 하면서 이렇게 시창작을 한다는 것이 참으로 어려운 일인데도 불구하고, '정치를 예술처럼' 이란 신념으로 마침내 승화시킨 각고의 노력에 찬사를 보냅니다.

앞으로 이렇게 시 쓰는 소양과 정서를 통해 상상력과 창의력을 겸비한 인문적인 정치인이 많이 나와서 정치가 사계절 꽃처럼 피어났으면 좋겠습니다.

가을처럼 풍성하게 잘 익고 물들어서 넉넉함과 아름다움을 나누는 '시 쓰는 정치인의 꿈' 을 이루시길 바랍니다.

대한민국 국회의장 **정 세 균**

새로운 언어로 보여주는 창작의 세계

시집 《사람의 잔치가 시작됐다》 출판을 축하합니다.

조규영 시인만큼 기쁩니다.

사람의 잔치를 꿈꾸는 것보다 더 좋은 일은 없을 것입니다.

시인에게 주어진 명제는 삶의 아름다운 진실 추구와 언어적인 미학을 찾아내는 것입니다. 보통 사람들하고는 분명 다른 점이 있는 시인은 자연에 가깝다 할 수 있습니다. 세상의 이치와 가치를 상상력을 통해 새로운 언어로 보여주는 창작의 세계가 우리 인간의 소망일 것입니다.

진정한 아름다움과 행복은 자연스러움에 있습니다. 시인은 그 자연스러운 '고요' 를 언어로 꿈꾸는 애인이라고 말할 수 있습니다.

내 옆에 그런 조규영 시인이 있습니다. 오랜 시간 지켜봤던 조규영 시인은 무엇이든 해낼 수 있는 폭넓은 소양이 엿보였습니다.

마치 때가 되면 사계절 피어나서 다른 곳을 넘보지 않고 웃음을 주는 꽃처럼 더불어 살아가는 그런 모습이었습니다.

젊어서 쓰는 시는 아름답지만 나이 들어 인생 경험을 쌓아서 짓는 시는 풍요로운 길이 된다고 했습니다.

사람이 글을 써서 책을 낸다는 일은 아주 어려운 일입니다. 더욱이 문학예술적인 창작시를 써낸다는 것은 가히 어느 선을 넘어가

는 초월이라고 할 수 있습니다.

거칠고 메마른 정치 현장에 꽃씨 하나 심고자 하는 어머니의 품성을 접목시키려는 상상력이 시를 쓰게 된 것 같습니다.

흔히 정치도 예술이라고 합니다. 하지만 말로만 예술이지 그 내용을 보면 절대 그렇지 않습니다. 조규영 시인은 이러한 정치에 아름다운 예술의 향기를 불어 넣고 싶은 충동이 있었을 것입니다.

"정치를 예술처럼, 삶을 자연처럼" 그의 인생철학이 잘 말해 주고 있습니다.

그동안 서울시의회 3선 의원으로서 부의장직까지 수행하면서 정치와 삶에 관한 많은 성찰과 통찰력의 융합으로 이처럼 모범적인 인문 시집이 출간되었습니다.

자연과 사람을 사랑하는 인문적인 사람으로 길가에 꽃이 되고 나무가 되는 시 쓰는 정치인이 되어 세상을 위한 소망을 이루기 바랍니다.

국회의원 **박 영 선**

예술이 되고 사유의 세계가 되는 시문학

문학 중에서도 시문학은 모든 예술의 원천적인 사상을 가지고 있습니다. 정치를 하면서 "인문학의 중요성을 알고 시를 쓰게 되었다"는 조규영 시인의 시집 《사람의 잔치가 시작됐다》출판을 축하드립니다.

올해도 가을은 풍성한 꿈을 비우고 채우는 자연의 이치를 어김없이 보여주고 있습니다. 사색의 계절이란 수식어가 잘 어울리는 가을은 '시인의 계절' 이라고 합니다. 가을이 되면 모든 사물이 원래대로 돌아가는 길 위의 시간이라 여겨져 시인의 맑고 깊은 영혼을 생각하게 됩니다. 세상에 시인처럼 돈과 권력을 떠나 오직 인간과 자연을 위해 근원적인 아름다움과 새로움을 추구하는 여정은 없을 것입니다. 봄날의 화려함이나 여름날의 열정도 모두가 가을에 이르면 인생을 다시 생각해 보는 성찰의 자리이기도 합니다.

황금 들녘에서 알찬 수확으로 남겨진 빈들을 바라보며 바람에 옷자락만 날리는 허수아비 가슴에 무엇을 채울까 싶은 허허로운 무상함이 다가와 옷깃을 여미게 됩니다. 하지만 시인은 인생의 깊은 경험을 반추하며 잘 익은 오곡백과와 삶의 미학을 절정으로 보여주는 가을단풍의 물결 속에서 늙어가는 것이 아닌 익어가는 완숙미에 곁들여 자유로운 상상력을 갖고 또 다시 새로운 인생을 창

출해 나간다고 생각합니다.

그 시인의 길 위에 조규영 서울시의회 부의장께서 "삶을 자연처럼 정치를 예술처럼" 자연스럽고 향기롭게 살아가려는 철학을 가지고 딱딱한 정치 토양에 문학의 꽃씨 하나 뿌려 놓는 역사를 만들어 가고 있습니다. 꽃이 그렇듯이 항상 보면 웃고 있는 사람, 조규영 시인이었습니다. 시를 창작한다는 것이야말로 자연을 대하는 근원적 심성과 인생의 희로애락을 살피는 능력이 탁월하지 않고서는 매우 어려운 일입니다. 글이 예술이 되고 또 다른 사유의 세계가 되는 시문학을 가까운 우리 서울시의회 조규영 시인에게서 접하게 되어 무엇보다 기쁩니다.

끝으로, 시인은 보통 사람과는 달리 사물 이면에 감춰져 있는 그 무엇 또한 볼 수 있는 마음의 눈을 가지고 있느니 만큼, 정치사회에서도 그런 안목으로 통찰하여 좋은 인문세상을 만들어가는 데 앞장서는 조규영 시인, 그런 정치인이 되시길 바랍니다.

서울시장 **박 원 순**

차례

시인의 말/ 시는 세월을 그린다 · 8
축하 서문/ 세상길 아름답게 인생길 깨끗하게 _ **정세균** · 10
축하 서문/ 새로운 언어로 보여주는 창작의 세계 _ **박영선** · 12
축하 서문/ 예술이 되고 사유의 세계가 되는 시문학 _ **박원순** · 14

제 1 부

026 _ 사랑이 된 민들레
027 _ 청춘에 박수를 보낸다
028 _ 연분홍 진달래는 피어납니다
029 _ 인문의 빛은 복지다
030 _ 닮은 소리
031 _ 다른 꿈일까
032 _ 들꽃과 담쟁이
033 _ 나이 오십 넘어
034 _ 사랑의 길이
035 _ 담쟁이처럼
036 _ 꽃 아닌 꽃이 어디 있으랴
037 _ 기다리는 빈 의자
038 _ 복덩이가 될 예산
039 _ 어머니 마음
040 _ 그냥 풀입니다
041 _ 지방 살림
042 _ 서류
043 _ 사과 떨어져도 성공이다
044 _ 길 위에 길
045 _ 선물의 꿈
046 _ 여행길 노래
047 _ 봉숭아 꽃물
048 _ 모로 누운 잠
049 _ 사람의 무늬 세월의 연인들
050 _ 어머니 사랑을 부릅니다

제 2 부

052 _ 흔들리는 눈꽃송이
053 _ 산아 지리산아
054 _ 폭포의 꿈
055 _ 산 같은 내 책상
056 _ 말복에 피는 사랑
057 _ YWCA 그 길에서
058 _ 촛불의 얼굴
059 _ 광복의 노래 사람의 노래
060 _ 마음 비우기
061 _ 택시 운전수
062 _ 마음 쌓기
063 _ 꿈을 품어라
064 _ 오래된 길 새로운 길
065 _ 길 위에서 말하다
066 _ 미완성의 길 완성의 길을 걷는다
067 _ 길에 묻는다
068 _ 사람의 세월
069 _ 비와 나
070 _ 시름 덜어내기
071 _ 눈꽃과 장미꽃
072 _ 기다리는 공간
073 _ 신사임당 사랑으로
074 _ 시를 쓰면 아름다운 꽃이 핀다
075 _ 한글 어머니를 닮았습니다
076 _ 생일날 노래

차례

제 3 부

078 _ 가을비가 되다
079 _ 세월이 준 선물
080 _ 코스모스 가을 길 따라
081 _ 민들레꽃 따라
082 _ 다른 아침
083 _ 한글사랑 사람사랑
084 _ 홍익인간 누가 더 맞을까?
085 _ 덕수궁 돌담길
086 _ 비 맞은 작은 새
087 _ 문경새재 그 소원
088 _ 과거길 꿈길
089 _ 도담삼봉
090 _ 사람의 잔치가 시작됐다
091 _ 어머니와 홍시
092 _ 정치가 되고 싶은 날
093 _ 민원 보는 사람들
094 _ 내 마음 알까
095 _ 가을 사이
096 _ 사람도 꽃도
097 _ 9월 높이 9월 넓이
098 _ 삶의 길 여행길
099 _ 길이 된 로마를 걸으며
100 _ 너 자신을 알라
101 _ 그 이름 인간의 무늬
102 _ 그 꽃

제 4 부

104 _ 그때는 몰랐습니다
105 _ 꽃도 사람도 상처가 꿈이 된다
106 _ 세월 빈 의자
107 _ 가을에게 물었다
108 _ 시 쓰는 길
109 _ 가을을 마신다
110 _ 그 이름 꽃보다 박영선
112 _ 산타가 전해준 선물
113 _ 구로에 산다
114 _ 아흡 노인의 향기
115 _ 박수를 보낸다
116 _ 길이 된 사람 송영길
118 _ 꿈과 희망이 된 땅 구로
119 _ 바쁜 하루
120 _ 사랑을 물었다
121 _ 가을 쉼표
122 _ 담쟁이와 벽
123 _ 그 세월
124 _ 한가위 사랑
125 _ 보름달 어머니
126 _ 보름달 생각
127 _ 소녀와 달
128 _ 양심의 꽃으로 피는 법
129 _ 가을날 무엇을 버릴까
130 _ 어머니의 존재

차례

제 5 부

132 _ 빨간 장미 사랑
133 _ 길 하나
134 _ 무수저
135 _ 비 오는 날 연가
136 _ 비결
137 _ 행복한 일기장
138 _ 박원순 시장님이 서울처럼 좋습니다
139 _ 길이 된 산
140 _ 사랑이 분다
141 _ 공간
142 _ 삭제할 수 없는 얼굴
143 _ 궁금
144 _ 눈앞에 보입니다
145 _ 사랑의 이유
146 _ 글씨
147 _ 소망
148 _ 나야 나
149 _ 꽃처럼
150 _ 사랑의 작품
151 _ 행복의 공식
152 _ 진실과 사실
153 _ 편지
154 _ 나의 사랑

제 6 부

156 _ 부채바람
157 _ 시인이 피운 불
158 _ 새와 나
159 _ 길을 걸어라
160 _ 아이야 일어나라
161 _ 광복절을 사랑합니다
162 _ 엄마의 기도
163 _ 한 송이 꽃으로 이 땅을 꽃밭으로
164 _ 소녀상 봉숭아 꽃잎
165 _ 오월을 부른다
166 _ 사람의 꽃이 된 님이여
167 _ 사람의 노래
168 _ 촛불이 꽃이 된 봄
169 _ 어머니 얼굴
170 _ 이 밤이 새면 봄이다
171 _ 민족의 여인 논개
172 _ 정월 대보름날
173 _ 민족의 사랑 유관순 누나
174 _ 그 보물 그 색깔
175 _ 어머니의 가을
176 _ 시월의 사랑
177 _ 아버지의 세월
178 _ 낙화암 기분

차례

제 7 부

180 _ 어머니의 축제
182 _ 너를 찾아가는 길
183 _ 미운 꽃은 없다
184 _ 꽃과 당신
185 _ 비처럼
186 _ 마음 속으로
187 _ 허공의 미학
188 _ 풀꽃 닮은 시인
189 _ 이름 없는 잡초는 없다
190 _ 외로운 시간
191 _ 겨울밤 홍시
192 _ 풀벌레소리
193 _ 꽃과 풀
194 _ 들꽃
195 _ 비와 꽃의 마음
196 _ 합창하는 개구리
197 _ 매미의 여름
198 _ 시골학교
199 _ 풀꽃의 노래
200 _ 눈에 띈 들꽃
201 _ 작은 풀꽃 노래
202 _ 어머니와 장미꽃
203 _ 장미꽃 속에서

제 8 부

206 _ 네 길만 가라
207 _ 얼굴과 얼굴
208 _ 정치는
209 _ 꽃 한 송이 피어나는 섬
210 _ 큰 선물
211 _ 쉼터
212 _ 멀리 오래 가는 길
213 _ 꽃의 꿈
214 _ 청와대 앞길이 열렸다
215 _ 권력과 민심
216 _ 6.15 남북 공동성명 17주년
217 _ 거짓정치
218 _ 꽃으로 핀다
219 _ 사랑의 생각
220 _ 달보다 큰 사랑
221 _ 구로의 추석
222 _ 사랑의 공식
223 _ 만해 심우장
224 _ 꽃의 언어
225 _ 눈 위에 첫 발자국
226 _ 나의 장갑
227 _ 꽃이다

제 1 부

사랑이 된 민들레
청춘에 박수를 보낸다
연분홍 진달래는 피어납니다
인문의 빛은 복지다
닮은 소리
다른 꿈일까
들꽃과 담쟁이
나이 오십 넘어
사랑의 길이
담쟁이처럼
꽃 아닌 꽃이 어디 있으랴
기다리는 빈 의자
복덩이가 될 예산
어머니 마음
그냥 풀입니다
지방 살림
서류
사과 떨어져도 성공이다
길 위에 길
선물의 꿈
여행길 노래
봉숭아 꽃물
모로 누운 잠
사람의 무늬 세월의 연인들
어머니 사랑을 부릅니다

사랑이 된 민들레

높은 담장까지 올라선
화려한 장미꽃
자기 몸 상할까 봐 가시를 달고

낮은 몸으로 흙을 묻힌
왜소한 민들레꽃
온몸을 날려 사랑을 뿌린다

똑같은 꽃으로 나서
사랑을 받은 장미
사랑을 나른 민들레

누가 더 아름다운 꽃일까?
오늘도 민들레는 기죽지 않고
영원한 사랑의 이름으로 초원을 날아간다

청춘에 박수를 보낸다

아침이다
동녘에 세상을 한눈에 내다보는 해가 뜬다
어젯밤에 만난 꿈의 얼굴이다
어린 시절부터 동무 삼은
꼭 나를 닮은 발걸음이 하늘을 걷기 시작했다
언제나 나에게 있었던 젊은 세월을 끄집어냈으니
나는 이제 무엇을 해도 청춘이다
봄날을 깨우는 저 찬란한 햇빛을 품어라
약속의 꽃씨를 내 마음에 심고
세상길 굽이굽이 희로애락
사계절 피어나서 아름다운 행복을 향해
너도 웃고 나도 웃는 사람들의 노래
완성된 길을 향한 청춘에 박수를 보낸다

연분홍 진달래는 피어납니다

꽃필 때도 햇살처럼 따뜻했던 어머니
꽃질 때도 노을처럼 아름답던 어머니
이제는 꽃필 자리 꽃질 자리
무언의 영원한 달꽃이 되어
또 하나의 어둠을 밝히는 고요한 눈빛으로
내 마음 깊은 꿈속에서 피어납니다

하루에도 수없이 거울처럼 보았던 생전의 모습
그날에 마주보는 사랑도 행복이었지만
이제는 일 년에 한 번 만나는 날 기쁨 품고
세상에서 가장 거룩한 약속의 자리
어머니를 만나 보러 가는 날 나는 어린 아이처럼
때때옷 입고 즐기던 설날보다 더 좋습니다

연분홍 치마가 봄바람에 휘날리느냐?
우리 어머니 그리움이 더 휘날리느냐?
세월보다 길고 긴 어머니 치마폭 길
세상보다 넓고 큰 어머니 가슴팍 사랑
가고 오는 그 봄바람 이 봄바람 사연들
내 가슴에 옮겨 심은 연분홍 진달래는 피어납니다

인문의 빛은 복지다

열매가 익을 때까지 햇살만 일했을까?
모두 모두 잠들어 있을 때
우리 엄마처럼 생긴 달빛은 꿈의 근무를 했고
우리 아빠 가슴 속 숨결 같은 바람도 쉬어 본 날 없이
무거운 어깨는 날개가 되었다

천둥에 놀라고 폭우에 상처 받으며
가을 풍성을 이룬 그 결실
달콤한 과실 배부른 곡식
어느 철새가 가져갔나?

이 논밭배미 허수아비
이삭 낟알 지키고 있는 세월
벌레 먹은 열매로
가을걷이해서 나누는 것은 복지가 아니다

복지는 계절마다 익어가는 열매를
그때 그때 서로서로 맛보는 것이다
그 열매를 열게 한 자연의 빛으로
사람을 풍요롭게 하는
가장 아름다운 사랑의 무늬를 그린다

닮은 소리

깊은 세월을 닮은 소리
말없는 커피향이 부르는가?
가을의 살결을 스치는 기타소리 때문일까?

이름표 없는 길가 모퉁이 찻집
찾아오는 인기척보다
무언의 그림자 속에 빈 의자가 시간을 그린다

주인 남자 기타 선율에 비움을 채우는 여백
듣는 귀도 들려주는 입도 없는 화음이 서성이고
아내의 박자 없는 잔소리 허공을 채운다

느리게 평화롭게 꽃가지를 흔드는 공기처럼
빠르게 바쁘게 나뭇가지를 흔드는 바람처럼
물위를 거니는 달빛처럼 햇살처럼 낮에도 밤에도 꿈꾸는 인생길

다른 꿈일까

꽃씨는
꽃이 되는 꿈을 꾼다
내 소망
그대 사랑이 되는 꿈을 꾼다
너와 나 손잡고 밤하늘의 별을 본다
같은 별을 보며 서로 다른 꿈을 꾼다
오늘밤 너에게 희망이 되고 싶다
누가 더 설렐까?
누가 더 행복할까?

들꽃과 담쟁이

꽃도 피지 못하면서
높은 곳만 올라가는
담쟁이 욕심
너는 세상이 좁다고 그렇게 올라도
나는 지친 삶에 웃음 주는
담장 밑의 들꽃 하나
길 가는 사람들은 나를 더 좋아한다

나이 오십 넘어

세상에 사람으로 나서
하룻밤 꿈같은 세상길
어린 시절 소꿉장난
눈 깜짝할 사이 지나고 보니
어느 세월 굽이돌아 반평생 고개를 넘어왔다

시간을 따지며 바쁘게 힘들게 살아온 세월
어디서 와서 어디로 흘러갔을까?
춘하추동이 바뀐 나날 이백 번이 넘어섰고
그래도 자연은 언제나 새로운 꿈을 주었지만
나는 가족을 빼고 나면 누구를 위한 사랑이 되어 봤을까?

남은 인생길 자연처럼 생성되지 못하더라도
자연처럼 삶을 자유롭게 살며
예술처럼 인생을 아름답게 살며
사람을 사랑하는 꽃 같은 마음으로
가을 사색길에 가을 빛깔처럼 물들어가고 싶다

사랑의 길이

당신이 나를 얼마나 사랑하는지 알고 싶어
당신 이름을 불렀습니다
처음엔 바람도 언덕을 넘고 강을 건너
내 목소리 따라오더니
힘든 모양입니다
산을 넘지 못하고
구름하고 놀고 있습니다
아직도 내 목소리는
당신 이름 따라 가고 있는데
바람은 따라오지 못합니다
사랑의 길이는
바람보다 길고 긴가 봅니다

담쟁이처럼

바람도 포기하고 돌아가고
햇살도 건너 뛰어가는 담벼락
담쟁이의 길
꼭 저렇게 힘들게 오를 이유가 뭘까?
사랑의 숙명이라면
삶의 운명이라면
누가 포기하겠어?
희로애락은 누구나 마찬가지야
삶의 애착을 가져봐 욕심만 빼놓고
담쟁이는 욕심이 아니야
진심어린 담쟁이의 심정으로

꽃 아닌 꽃이 어디 있으랴

문재인 대통령의 눈에는
꽃 아닌 꽃이 없고
국민 아닌 국민이 없고
들꽃도 나무도 잡초도
이 땅의 운명이요 숙명으로 사는 생명이어라
밉게 보면 장미도 가시만 보이고
예쁘게 보면 장미도 꽃잎만 보이거니
꽃의 꿈을 피어낼
봄산의 설렘이 이랬을까?
봄산에서 사랑을 만날
꽃들의 그리움이 이랬을까?
정치를 꽃 피어나듯
백성은 꽃을 보듯 하는구려

기다리는 빈 의자

빈 의자 기다림
그리움 어디에 숨겨두고
텅 빈 마음
바람 한 점 노닌다

복덩이가 될 예산

돈이 돈을 심으면
돈의 씨앗이 될까?
꽃의 꽃씨가 될까?
우리 지역 살림살이 예산을 눈에 넣고
마음에 담아 숫자 하나 하나에 정성의 손길을 잡는다
마치 시집갈 처녀 얼굴 단장하듯이
조심조심 부드럽게 만지고 만진다
마음이 조마조마 두근거린다
어느 지역으로 시집가서
신랑과 알콩달콩 아들 딸 자식 낳고
시부모 잘 모시고 사랑 받는 며느리 되어
이웃 간에 서로 돕고 사는 복덩이 되어야 할 텐데
예산이 된 이 돈
맏며느리 노릇할 일손을 챙기는 오늘
또 피고 또 피는 꽃씨가 되길 소망하는
기도하는 내 심정

어머니 마음

꽃도 풀도 나무도
돌도
흙은
차별 없이 살게 한다
그 길 위에
잘난 사람 못난 사람 따로 있더냐?

그냥 풀입니다

오늘도 나는 피어납니다
외로워서 피어납니다
그리워서 피어납니다
억울해서 피어납니다
사랑을 못 받아도 피어납니다
내 이름은 풀꽃도 아니고
그냥 풀입니다
그것도 강아지풀도 아니고
앉은뱅이 풀입니다
그래도 나를 바라보는 사람 있습니다

지방 살림

논 서 마지기
쌀농사 지게로 한 지게
밭 한 마지기
보리농사 겉보리 서 말
텃밭 한 뼘에
감자 배추 무 상추 고추 가지 오이 다 심는다
아슬아슬 묘기 대행진
큰 집에서 내려준 교부금
쌈짓돈에 채우지 못한 세뱃돈 정도
여기 저기서 빚잔치
잡초처럼 돋아나고
살림 밑천 바닥 끄는 아우성소리
죽어라 땅을 파도 어제 같은 오늘
우리 지역 열 식구 삶 아등바등
어머니 같은 지혜를 꿈꾸면
그래도 내일은 꽃피는 봄날
꽃씨 하나 심었으니

서류

내 책상 위에 많은 서류가
제 자리를 잡지 못하고 정신없이 흩어져 있다
생각하면 머리도 아프고 어깨도 무겁다
이 서류가 책상 위를 걸어서 제 갈 길로 가야 하는데
겨울을 이겨내고 봄날을 만난 꽃들도 그랬을까?

사과 떨어져도 성공이다

아주 먼 먼 옛날에도
과수원에서 세상을 위한 자연의 빛이 나왔고
지금도 사람을 위한 사랑의 빛이 나온다
뉴턴의 떨어진 사과는 우주와 지구 사이 빛길을 내었고
유쾌한 김정숙 여사님의 사과는 세상과 사람 사이 사랑길을 열었다

과수원에서 엄마 손 놓친 붉은 얼굴
과수원 닮은 따뜻한 손길에 안겨
화려한 화채로 새롭게 탄생된 축복
사랑의 문화로 사랑의 향기로
따뜻한 김정숙 여사님 생각에 감동의 박수를 보낸다

사과 같은 달콤한 생각 상큼한 마음
대한민국 과수원에 국민들도 물들어 간다
사람들이여 우리 서로 화내지 말고
사과처럼 사과하라 사과처럼 사랑하라
그 정도면 벌레 먹은 사과도 성공이니

길 위에 길

하늘이 내려준 햇빛 달빛 별빛 눈 비
내려온 그 모든 것은
모두 세상을 위한 것이다
땅이 올려준 꽃 나무 물
올려준 그 모든 것은
모두 사람을 위해 피워준 것이다

구름 바람은 공중에서 자연의 길을 열고
사람은 하늘과 땅 사이에서 삶의 꿈길을 연다
우주는 사람을 위한 이야기를 만들어가는 길일 뿐이다
그런데 사람 중에 이 성스러운 길을 손대는 자가 있다
자연에 손대지 마라 그리하면
인간은 그때부터 괴로워진다
정치의 발길로 이성의 손길을 가만히 둬라
세상은 그런 잣대나 눈이 아니다
더 이상 사람의 세상을 짐승이 가는 길로 내지 마라
사람의 길 위에 길을 내지 마라

선물의 꿈

생각에 가장 아름다운 얼굴이 떠오릅니다
마음에 가장 소중한 글씨가 새겨집니다
흰 구름 손길 바람의 손길
힘을 모아 둥근 하늘을 내려놓고
한 자리에 앉았습니다

무엇을 그릴까?
무엇을 담을까?
사랑합니다
사랑을 그림으로 그릴 수 없고
보석으로도 담을 수 없습니다

자연의 존재처럼
그냥 너를 두고 선물이라 부르며
시 한 수로 말을 건넵니다
꽃이 필 때 말하겠습니다
꽃이 질 때 꿈꾸겠습니다
그 씨앗의 이름으로 선물하겠습니다

여행길 노래

여행 누가 만든 길일까?
어느 날 마음 넓은 자연이 사랑을 불렀을까?
새벽부터 시간의 징검다리 조약돌처럼 모아 모아
동해 낙산 바다를 바라보더니
내 눈빛이 내린 곳에 쉴 자리가 보인다

얼마나 그리움이 컸으면
그 넓은 바다를 밀어내고 모래밭에 스며들까?
얼마나 사랑이 컸으면 그 깊은 바다도 얕다고
우리 가족 품으로 안길까?
밀려오는 저 파도의 몸짓을 보라

부서져도 춤자락이고
부서져도 노랫가락이다
삶에서나 여행에서나
우리 가족 행복처럼
바다 위에 고요한 섬 하나 신앙처럼

봉숭아 꽃물

내 동생 예쁜 봉숭아 꽃물
꽃동네를 이루고 있는데
어설픈 가을 연애편지
집 주소를 잘못 찾아왔나

울타리 넘어 바람에게 전달하는 기척
얼굴도 비치지 않은 잎새
입추 발걸음 떨치고 가버렸지만
아직도 여름철은 내 가슴에서 논다

기운 넘치게 울어대는 매미 울음소리
솔밭 건너 개구리 등 뒤에도 들리는데
눈치 빠른 풀벌레 노랫소리
사람보다 더 빨리 가을을 만나고 있나 보다

모로 누운 잠

어릴 적 내 꿈은 큰방 건너 작은방
육남매 자기에도 비좁던 단칸방 자유
손바닥만한 논배미에 내려앉은 사랑일까?
달그림자처럼 찾아드는 오빠 친구들

"규태야 규태야!"
"우리 규태 군인 갔다."
"알아요 어머니."
"그래 어서 들어오니라."

포개진 꽃잎처럼 언니 등을 보고 모로 누워
잠들기 전 투덜대는 숨 가쁜 소리
"아가 우리 집 편하다고 오는 오빠 친구인데
성내지 마라."
어머니의 그 말씀 자장가처럼 꿈속으로 들어가던 어린 시절

그 밤 그 달도 그 추억을 알고 있을까?
내 마음은 아직도 그날에 머물러 있는데
여전히 모로 누워 꿈을 이루는 걸 보니
푸근한 어머니 마음 따라온 세월을 품고서

사람의 무늬 세월의 연인들

너른 러시아 땅
그 사람 그 이름을 불러도 대답이 없다
그 가슴 얼마나 크면
사흘 낮밤이 흘러도 상상을 설레게 한다
내 목소리 시베리아 어디엔가 얼어붙지 않고
그 생명력으로 새롭게 탄생되어
이르쿠츠크 테카브리스트들 시가 되어 노래하고 있나 보다

나는 님의 숨결을 잠자는 역사라 할 수 없다
벽에 그려진 그림이라 바라보지 않는다
박물관에 걸린 조각이라 말하지 않는다
그 예술품 속에서 인생을 본다
님을 만나보고 님을 만나보고
이제 나는 '인생은 짧고 예술은 길다' 가 아니라
예술과 인생은 세월의 동행자임을 알았다

그 날의 바람은 지금도 불어오며 미래를 열어가는 문이 되어
거울 앞에 비친 진실한 얼굴 꽃잎에 내린 이슬방울처럼
인생의 그 무늬 미지의 수수께끼를 숨겨 놓은
그리움을 그리고 사랑을 품으며 세월의 연인으로 길을 간다

어머니 사랑을 부릅니다

사람의 길 사랑의 길
운명입니다 숙명입니다
어머니와 저 사이에 이 두 글자보다
더 큰 인연이 어디에 있을 것 같습니다
말로 부르고 글로 쓸 수 없는
무언의 소리가 공기처럼 살고 있습니다

세상보다 큰 사랑 세월보다 긴 이름
당신을 생각하면 너른 들판에
저는 꽃 한 송이 피어 있을 뿐입니다
정치하는 며느리 길을 내주신
어머니의 잠결을 간간이 살펴 볼 때마다
어머니의 사랑을 거울처럼 바라보며 눈물 한 방울 이야기합니다

언제나 저의 아침 같고 저녁 같은 어머니
우리 가족의 행복을 만드신 세월이었습니다
따뜻한 밥상 같은 어머니 마음 앞에
제가 세상일 할 수 있는 일용할 양식이 되었습니다
어머니 꽃이 져도 단풍이 져도 세월은 계절의 향기를 만듭니다
더도 말고 덜도 말고 지금처럼 어머니의 얼굴을 날마다 보고 싶습니다

제2부

흔들리는 눈꽃송이
산아 지리산아
폭포의 꿈
산 같은 내 책상
말복에 피는 사랑
YWCA 그 길에서
촛불의 얼굴
광복의 노래 사람의 노래
마음 비우기
택시 운전수
마음 쌓기
꿈을 품어라
오래된 길 새로운 길
길 위에서 말하다
미완성의 길 완성의 길을 걷는다
길에 묻는다
사람의 세월
비와 나
시름 덜어내기
눈꽃과 장미꽃
기다리는 공간
신사임당 사랑으로
시를 쓰면 아름다운 꽃이 핀다
한글 어머니를 닮았습니다
생일날 노래

흔들리는 눈꽃송이

눈 내리는 밤 님을 찾는 밤
텅 비어 있는 겨울 들판
자장가처럼 내리는 눈을 덮고
들풀이 곤히 잠들어 있다
그들도 화려했던 가을날을 그리워할까?

나도 하얀 눈을 보며 눈을 감는다
누가 보일까? 사랑이 보일까?
순결한 세월의 이야기
겨울이 되면 눈처럼 내리는 추억
나뭇가지에 걸린 눈송이처럼 바람에 흔들리고 있다

산아 지리산아

깊은 골짜기를 잡고 뜨거운 바람이 분다
키 큰 나무 키 작은 나무 어깨를 어루만지며
세상을 넘어 자유의 꿈이 춤을 춘다

푸른 산줄기 사이 들꽃의 운명이 앉은 자리
누군들 알 수 없는 사연의 세월

하늘에 흰 구름 비둘기 날개처럼 삶을 날며
바람의 입을 모아
인생의 노래 사랑의 노래를 부른다

어제가 내려놓은 역사의 믿음 하나
오늘의 약속이 된 진실한 꽃

산은 지리산은
그날 사람들의 아우성을 메아리로
영원히 울려주고 있지 않는가?

폭포의 꿈

어디서 모였나?
꿈의 조각들
난 자리 서로 다른 인연

산의 가슴을 울리는 이야기
구름처럼 흐르는 자유를 보내고
세월의 무늬 바위에 그리며

한 방울 한 방울 숨을 쉬는 물줄기
나무뿌리 아래 사연 하나 숨기고
잔잔한 미소처럼 흘러가는 물길

눈앞에 올라선 폭포
하나 둘 셋 손을 잡고 뛰어내린다
두려움도 무서움도 더 큰 꿈을 위한 순간의 설렘일 뿐

한바탕 저 하얀 웃음꽃으로 피어
여울지는 어깨동무 강으로 바다로
파도의 사랑을 만난다

산 같은 내 책상

산에는 나무들이 숲을 이룬다
내 책상에는 서류들이 산더미를 이룬다
산에는 메아리가 살고
내 책상에는 꿈들이 산다
서울 시민들의 행복을 찾아주는 발
세상의 사랑을 찾아주는 손
나는 북한산 어깨보다 더 넓게 펼치고
남산의 바람보다 먼저 깨어나고
한강의 물처럼 흐르는 생명의 역사
정치와 사람 사이를
산과 나무처럼 풍성하게
흙과 꽃씨처럼

말복에 피는 사랑

삼복 중 말복
여름이 가고 있어요
누가 어떤 사람이 그렇게
잘난 사람 못난 사람 차별 없이
불볕 사랑 쏟아 주겠어요?

얼굴도 가슴도 뜨겁게
내리사랑임을 행동하는 눈빛
더 이상 주고 싶어도
우리는 하늘에 오를 수 없으니
언제 그 사랑 갚을 날이 있을까요?

그래서 나는 시를 씁니다
내게로 내린 하늘빛 사랑
내 안에 바다를 펼쳐 놓고
아침 일출 석양 노을
그 꿈을 품고 인생의 아름다움을 그려갑니다

YWCA 그 길에서

바람 잘 날 없는
외진 나뭇가지에 매달린 곡예사의 손길
공중을 거니는 깃털 아플 새도 없이
새끼 먹일 양식을 찾아
비도 바람도 길 삼아 냈던 세월

정의 평화 생명의 세상길 따라
아름다운 삶을 위한 아침 같은 걸음
사랑의 자유가 들꽃처럼 피어날 때
생동하는 젊은 희망의 합창소리 들리고
고운 어머니 얼굴도 보인다

거울보다 밝고 맑은 사람들 눈에
오월 장미처럼 담장에 오른 그 얼굴이 그려진다
봄길이 꽃을 부르듯이
세상길이 그 여인을 부르는가
YWCA 그 길에서 그 꽃 그 얼굴

촛불의 얼굴

한 번 가면 그만인 세월일까?
너는 역사의 사연을 품고 갔느냐?
아니면 어디다 내려놓고 갔느냐?

별빛에 얼굴을 씻은 늦가을 깊은 밤 들국화
찬바람 눈보라 메마른 풀잎에 달린 눈물
겨울잠에 들지 못한 아우성 구름길을 멈춘다

꿈길에 들어서지 못한 발길소리
여기 광화문에 5천만 개 빛들의 노래
잠들지 않는 촛불이 내 꿈을 밝힌다

별아 너는 내게로 오라
촛불아 너는 별이 되어 만나리
하늘길 가운데 구름이 날개로 내린다

사람의 영광을 위해 민심의 완성을 위해
우리나라 등잔 들고 내 마음에 촛불을 태운다
꽃 피기 전 봄산의 기운으로 꽃 피어낼 봄산의 설렘으로

광복의 노래 사람의 노래

산천에 등 굽은 나무
들판에 메마른 잡초
그 옆을 떠나지 못하는 돌멩이 흙을 만진다
굳게 다문 입술 바람으로 일어나라
물소리야 노래하라 새들아 날아라

어둠에 눈물짓던 꽃잎에 연 이슬방울
별빛도 잠들지 못한 나날
민족의 꿈은 광복의 꿈은
초승달에서 보름달로 점점 커져 가고
새벽이 부르는 동녘 햇살과 손잡는다

고랑물도 시냇물도 강물도 바다를 만나 파도의 춤을 춘다
공중을 나는 새들이 풀들을 연주한다
우리 동네 사람들 세상에서 가장 아름다운 노래를 부른다
해방이다 광복이다 우리나라 찾았다
광복의 노래 사람의 노래 메아리처럼 울려라

마음 비우기

우리 집에 무슨 인연 있어 왔을까?
손님처럼 모셔놓은 오래된 반찬통
울긋불긋 치장한 새색시처럼
얌전하게 신랑을 기다리고 있는 모습 같다

하루에 수시로 냉장고 문이 열릴 때마다
얼마나 '두근두근' 설렜을까?
"주인님 이번에는 잘 숙성된 제 마음을 맛보세요"
굽은 길도 돌아가는 길도 아닌데
내 손이 닿지 않는 길

이럴 바에야 다른 집으로 시집보내야 할 텐데
푸른 소녀 마음처럼 싱싱했던 반찬들
타들어 가는 노처녀 가슴을 만들어 놓은 신세
버리지 못한 오매불망이 된 모습이 안쓰럽다

내 마음 곳곳에도 가득 쌓인 미련들
사랑과 탐욕을 분별 못한 냉장고 반찬통처럼
아깝다는 이유로 자리한
한 번도 사랑 받지 못한 어리석은 탐욕을 버리고 싶다

택시 운전수

택시 운전수
100,000원 안 받고
광주를 달린다
민주를 달린다
사람들 10,000원 주고 표 사서
자유를 달린다
정의를 달린다
그 시절 바람과 함께 들에 피지 못하고
나비와 함께 마당에 피던 꽃
오랜 시간 벽에 걸려 있던
거울을 닦아 내니 내가 보인다
역사가 보인다
나라가 보인다
이제 마음의 눈으로 세상을 바라본다
택시 운전수가 보인다

마음 쌓기

한돌 두돌 세돌
작아도 커도 자존의 자리를 지키는 돌
믿음 모아 정성 모아 세월의 길목을 지킨다

잘 나도 못 나도 생긴 대로 존재성
세모난 돌 그리움뿐이라 안을 수 없고
네모난 돌 기다림뿐이라 품을 수 없다

둥근 돌의 의자가 된 편안한 자유
마음 비우고 사랑을 나누는 자갈 희생
한 칸 두 칸 세 칸 하늘 키재기 돌탑을 쌓는다

발부리에 걷어채는 버려진 돌멩이
소망을 이루는 꿈의 기도가 되고
인생길 걸음걸음 인연의 밑바닥에서 시작하는 진실이다

꿈을 품어라

꽃이 왜 피어났을까?
약속된 사연 뉘라서 알까?
사랑이 된 꽃이 입을 열 때까지
시를 지어 보면 알까?
내 안에 너를 심어 놓고 꿈을 꾼다
나의 꽃씨가 되라
나는 흙이 되리니
그 속에서 사랑의 꿈을 품어라
햇살 눈짓으로 너를 불러 본다

오래된 길 새로운 길

길 위에 서니
길이 보이지 않고
나만 보인다
내가 길이다

사람을 위한 길
그 길을 보듬은 소원처럼
진실한 흙과 동행하며
산 넘고 강 건너 세월길을 걷는다

고개를 오르는 아리랑 걸음
빈 마음 채우는 민들레 자유로
사방의 들풀에 앉고 구름 가는 저쪽
산새도 바람도 날아가는데 나는 아직 사랑을 걷고 있다

길 위에서 말하다

무수한 세월이 지나갔던 길
길만큼 사연이 많은 운명도 없을 거야
비가 오면 가슴에 스미고
눈이 와도 마음에 녹이는 사랑뿐이다

바람도 구름도 고갯길 쉬게 하며
인생 희로애락 지혜도 주고 깨달음 주었던
차별 없는 생명의 믿음이 보여준
진리의 가르침을 무엇으로 찬미할까?

강물 줄기가 길다고 막힐 수 없고
산맥이 높다고 오를 수 없더냐?
길은 꿈속처럼 내 마음의 자유
누구나 사랑이 된 길 위에서 들꽃처럼 피어난 희망을 말한다

미완성의 길 완성의 길을 걷는다

해가 바다에서 떠오릅니다
해가 산으로 집니다
달이 산에서 떠오릅니다
달이 바다로 기웁니다
해와 달은 한 번도 만나본 적 없어도
하늘나라에서 싸우지 않고 때가 되면 자리를 바꿉니다

내가 마음의 길을 열지 않고서는
네가 마음의 벽을 허물지 않고서는
해도 하나 달도 하나 산천도 하나가 될 수 없습니다
해와 달이 사는 하늘을 가슴에 달아야 합니다
남북한 사람들은 은하수 물결이 되어
민족의 미완성 길에서 완성의 길을 만들어가야 합니다

길가에 핀 키 큰 코스모스야
키 작은 들풀도 들꽃도 사이좋게 사느냐?
나는 빗줄기 가락삼아 이념도 사상도 없는 어린 아이 입으로
우리의 소원을 노래 부르며 우리의 통일을 목 놓아 부르며
너희들 향기 어디로 날아갈까? 내가 걸으며 완성이다
한강에 핀 개나리처럼 대동강에 핀 진달래처럼 영원한 봄날에

길에 묻는다

길을 걸으며 묻는다
길 위에서 누구를 만날 수 있나?
길의 끝에 무엇이 있을까?
나는 너의 마음

사람의 세월

어둠 속에서 진주를 캐라 물 속에서 별을 건지라
똑같은 삶 속에서 꿈과 희망이 다르다

땀방울도 잠들지 못한 시간 햇살을 찾아 나서느냐?
땅 위에 하늘 아래 바위가 된 몸뚱이가 서럽다

약속 없는 꿈길은 날마다 비몽사몽이고
어쩌다 고향에 계신 우리 부모 형제에게
편지 한 장 쓰는 날 돈보다 행복을 누리는 자리다

나의 소원 나의 푸념 전할 길 없어
구름아 바람아 너에게 물었을 때
어머니 손인 양 내 눈물 닦아 주었다

설날을 보내면 달라질까? 추석이 지나면 달라질까?
구로공단 사연사연 누가 누가 알겠는가?
고된 노동이 남긴 희로애락 꽃씨 하나 움켜쥐고 나왔다

세월 지나 내 눈앞에 나를 보고 웃고 있는 거울 하나
꽃 한 송이 손에 들고 추억을 바라보니
그날에 나보다 더 커서 사계절 꽃밭을 이룬 아들 딸

비와 나

빗길을 걷는다
앞만 보고 걷는다
옷은 젖어도
마음은 젖지 않는다
비가 갠다
들풀이 들꽃처럼 웃고 있다
내 얼굴처럼

시름 덜어내기

들길 산길 빗길 따라 한 걸음 두 걸음
긴 소원 시간 담고
땅을 들고 걷는 발길
하늘까지 내려앉은 작은 내 어깨가 무겁다

비 그친 머리에 빗방울 하나 숨바꼭질
햇살의 눈빛 찾아내어 웃는다
숨죽인 들풀 덩달아 일어나
쉬어 간들 어떠하리 눈물을 닦는다

손님처럼 반기는 길마다
홀로 남은 여름비 물고
노래하던 풀벌레
구름 속에 귀를 열고 가을소리 듣는다

어느새 바람 한 점 발길을 신고
빗줄기에 축축이 젖은 시름
가는 세월 등 뒤에 놀게 하고
옷자락 날리는 발걸음 꿈을 품고 저만치 앞서 간다

눈꽃과 장미꽃

밤 사이 누구의 눈을 피해 내려와
지상의 옷을 갈아 입혀 놓은 날
온 세상 마음처럼 펼쳐 보인 하얀 이야기
보따리 가득가득 피워내는 눈꽃송이

소곤소곤 애벌레 설레는 생명의 노래
하얀 목련 솜털 씨앗 봄마중 꿈길을 보며
나는 우리 사랑 타올랐던 여름날에 불려와
빨갛게 숨쉬는 장미꽃 울타리 가슴에 오른다

기다리는 공간

아침 저녁으로 마주치는 얼굴
날마다 꿈을 꾸고 있는 장롱 속 옷들
계절마다 내 몸을 아름답게 꾸며준
날개 달린 천사들이다

나에게 선택받은 날부터
내 몸에 잘 어울리는 맵시로 다가와
사람들의 부러움을 샀던
꿈속에도 입고 다니던 옷들이다

더 좋은 옷이 생겨서
내 마음이 변했을까?
비우지 못한 욕심일까?
내 마음 가득 쌓인 집착을 떼어 놓고 싶다

장롱 속 옷처럼 기다리는 시간
주인의 선택을 받을 때까지
디자인된 모습 그대로
나도 비움과 기다림의 공간을 만들고 싶다

신사임당 사랑으로

벽면 화폭에 숨 쉬는 무늬
자유롭게 노니는 나비 날개
꽃잎에 앉아 설레는 벌 한 마리 몸짓
사랑놀이 시샘난 귀뚜라미 목청껏 울어댄다

그 솜씨 누가 옮겨 놨을까
무언의 이름 불러주는 세월 발자국 소문 달고
바람 한 점 비껴가지 않는 신사임당 그늘 속에
역사의 향기 품은 낙락장송 율곡 이이 자취인 양 오죽헌을 지킨다

사람은 갔어도 사람은 갔어도
님의 생명의 양식 고운 물결로 남아
풀벌레 우는 사연
대나무 사이를 오가며 세상에 사랑으로 울린다

시를 쓰면 아름다운 꽃이 핀다

잘 살고 싶으냐? 행복하고 싶으냐?
아름다워지고 싶고 꿈을 꾸고 싶으면
시를 쓰고 살아라
인간 최고의 고민
시간의 유한을 무한으로 늘리고 싶으냐?
장수의 비결 풍요의 비결을 알고 싶으냐?
사랑과 생명의 비결 시를 쓰고 살아라

특히 정치하는 사람들아 시처럼 정치하라
시 꽃씨 하나 마음 밭에 심어 놔라
그 향기는 바람처럼 쉬지 않고 일어나는
사람의 사랑과 행복이 되고
세상을 자유롭게 하는 꿈의 숨결이 된다
아름답게 생각하는 씨앗 하나 마음 밭에 심어라
그 꽃향기 입술에서 너와 나를 빛나게 하는 언어가 된다
정치는 끝내 말이 아니더냐?

한글 어머니를 닮았습니다

사람으로 가는 길
배우는 길
가르치는 길에
글을 깨우칩니다
말문이 트입니다

써도 써도 또 쓰고 싶은
어머니 이름
불러도 불러도 또 부르고 싶은
어머니 이름
언제까지 불러도 내 마음에 가득가득 채워져 있는
어머니 사랑

글이 씨가 되어 꽃처럼 피어나고
말이 향기 되어 바람처럼 일어납니다
우리나라 글
우리나라 말
어머니 마음과 얼굴을 닮았습니다

생일날 노래

세상이 나를 부르던 날
어머니가 온몸으로 연주하는 멜로디에 맞춰
"응애 응애 응애"
누구도 닮지 않는 나만의 목소리로 울었답니다

나의 노랫소리를 듣고 깜짝 놀란 꽃들
진짜 사람의 꽃이 피었다고
말문이 터지려는 순간
꽃들이 입을 다물고 말았답니다

어느 날 내 얼굴에 세월이 그려 놓은 무늬가
엄마가 나를 딸로 부를 때보다
더 많은 삶의 주름살이 그려져 있지만
우리 어머니는 꿈길에서 내 울음소리 듣고 있을 것입니다

당신의 아내가 누구냐고 물으면
아직도 설레는 가슴 속에 '조규영' 을 숨기고 있는
우리 집에 세상보다 큰 남편과
너는 누굴 닮아 그리 예쁘니 물으면 '우리 엄마' 요
대답하는 나의 꽃들이 있어 행복합니다

제3부

가을비가 되다
세월이 준 선물
코스모스 가을 길 따라
민들레꽃 따라
다른 아침
한글사랑 사람사랑
홍익인간 누가 더 맞을까?
덕수궁 돌담길
비 맞은 작은 새
문경새재 그 소원
과거길 꿈길
도담삼봉
사람의 잔치가 시작됐다
어머니와 홍시
정치가 되고 싶은 날
민원 보는 사람들
내 마음 알까
가을 사이
사람도 꽃도
9월 높이 9월 넓이
삶의 길 여행길
길이 된 로마를 걸으며
너 자신을 알라
그 이름 인간의 무늬
그 꽃

가을비가 되다

우산 속의 이야기처럼 내리는 가을비를 바라보며
봄 지나 여름 지난 시간들
쏟아주는 빗방울 수만큼 열심히 살았을까?
아쉬운 미련 하나하나 촉촉이 삶을 적신다

봄꽃에 내리는 이슬비는 그리움을 위해 내리고
여름 들풀에 소낙비는 사랑에 성급한 청춘이라지만
아직 푸른 이파리 단풍의 꿈으로 잠들지 못했는데
시간 따라 서성이는 가을비 누구를 위해 내리는 사연일까?

눈빛에 그려진 인생길에 내리는 빗줄기처럼 여겨져
돌아본 길 허전하고 부족하더라도
이유 없이 내리지 않을 숙명을 헤아리며
나도 새로 갈아입을 옷을 챙기고 가을비가 된다

세월이 준 선물

내가 시집 올 때처럼 연지 곤지 찍은 얼굴
나란히 나란히 곱게 핀 코스모스
가을길마다 세월이 준 선물
나는 준 것도 없는데 계절마다 사방에서 받기만 한다

어떤 때는 미안함이 들국화 향기처럼 설레는 마음
무엇으로 사랑할까? 무엇을 보여줄까?
내 안의 아름다움을 불러봐도
살랑거리며 앞서가는 가을 바람만 못하다

자연의 빛깔이 완성되는 가을 이야기
들에도 산에도 사람들의 마음에도 물들어 오면
사랑의 풍요 시간을 다 담을 수 없어
돌보는 사람 없어도 들꽃처럼 웃고 사는 인생찬가를 부르고 싶다

코스모스 가을 길 따라

가을 길가에 예쁘게 서 있는 날씬한 코스모스
젊은 날 꼭 나를 닮은 것 같아
계절마다 꽃처럼 아름다웠던
내가 그날의 모습을 안아본다

키 작은 풀잎 하나 무시하지 않고
긴 다리 놓치지 말고 따라오라
인생 동행하던 가을길 같은
손에 손잡은 사랑의 길이 생각난다

비바람 불어대던 삶의 여정에 몸은 흔들렸어도
한 번도 비켜서지 않았던 계절처럼
내 마음 품속에서 새어나지 않는 꿈의 향기
내 정신세계에서 빛는 상상의 빛깔은 흔들리지 않았다

누구에게는 비단실 같은 눈빛으로
누구에게는 비에 젖지 않는 옷깃으로
빨갛게 익어가는 사과를 만날 약속의 길을 걸어왔다
가을 길에 바람처럼 햇살처럼

민들레꽃 따라

얼굴에 마음이 보인 꽃
바람의 사랑을 더 받는다
욕심 없는 꿈만 꾸는 민들레
외로운 들꽃 사랑 찾아간다

얼마나 마음을 비우면 날아다닐 수 있을까?
얼마나 욕심을 안 부리면 민들레가 될 수 있을까?
사람이 사람이
꿈 꿈 꿈

"준비 완성 나가자 세상을 향해"
자유의 그대가 부럽다
차별 없는 길 떠나는 그대를 닮아 살아가련다
땅과 꽃과 바람처럼

민들레 영토 따라
사랑도 정치도 새롭게 필 그날을 향해
나도 민들레 날개 달고 어머니 사랑 날리는
세상공부 다시 하고 싶다

다른 아침

창밖에서 나를 엿보는 나뭇가지
오늘 따라 일찍도 일어났다
햇살보다 먼저 나를 깨운 새소리
어젯밤 기분 좋은 꿈이 스친다

내 귀가 가까이 다가간다
어제까지 못 들었던 새소리
산에 살면 들을까? 들에 살면 들을까?
내 집 앞에서 불러대는 새로운 노랫소리 설렌다

눈은 반갑다 웃고 고맙다 전하는 내 입
마음에 둥지를 달고
오랫동안 귀를 열어두었다
너는 나의 인연으로 사랑을 맞는다

한글사랑 사람사랑

한글날이다
아름다운 글로 사랑을 쓴다
향기로운 말로 행복을 말한다
자연에 바람처럼
냇가에 물처럼
들판에 꽃처럼
산에 나무처럼
생각과 마음이 이어져
얼굴로 피어나는 한글
글이 없으면
말이 없으면
정치는 어떻게 할까?
'일일부독서 구중생형극' 이다
내 글에 내 말에
상대방에게 가시가 되지 않길 바란다
예쁜 한글로 정치야

홍익인간 누가 더 맞을까?

10월 3일 개천절 들어
가을 하늘이 드높고 맑은 이유를 보아라
들에 사는 들꽃 하나 들풀 하나
키우려고 따뜻한 마음 다 쏟은 햇살
그래서 하늘은 속까지 비어 있는 거울 같은 마음이다

정치도 종교도 이념도 과학도 자기 길이 진리라 한다
자연에 물어 보아라
진정 그러한지
시 한 수 짓는 아름다움
가을 같은 비움으로 보아라

홍익인간 하늘은 뿌려주고
땅은 키우는 이치거니
꽃밭의 꽃을 꺾어 꽃병에 꽂고
땅에 꽃씨를 뿌려 꽃밭을 만드는 사람
그 차이에 홍익인간이 있다

덕수궁 돌담길

사람의 발걸음이 세월의 무늬가 된
덕수궁 돌담길 따라 인생길 따라
근심걱정 노랗게 물든 얼굴일지라도
가슴까지 안지 않고 털어버린 숙명입니다

조각조각 이어지는 돌담길 사이로
희로애락 이야기 머무는 길모퉁이
삶을 꿈꾸는 사연 보듬고
사랑이 된 연인들의 이야기 고전이 됩니다

푸른 이파리 익어가는 날
무거운 삶의 그림자 숨결까지
빈 의자를 내어준 그리운 자리
한 시름 두 시름 단풍잎처럼 내려놓습니다

역사가 되어 버린 시간을 어디서 만날까?
임진왜란 애끓는 가슴 찬서리처럼 울어대고
'아관파천' 길 잃은 둥지 어디에서 찾을 길 없지만
그날이 전해 준 운명의 울림 대한민국의 힘이 되었습니다

비 맞은 작은 새

철 따라 가는 길을 잃었을까?
비와도 날지 않는 작은 새 한 마리
둥지에 들 생각 없이 창가를 바라보는 그리운 눈빛
비에 젖어도 웃는다

작은 새 예쁜 마음 느꼈을까?
비에 젖은 꽃도 웃고
시간을 넘어 세상을 넘어
하늘과 땅 사이 무지개도 피어난다

내 눈길이 머문 자리
사랑의 집을 짓고
님이라 부를까? 인연이라 만날까?
약속된 시간 서로서로 얼굴 마주 보며 인사를 나눈다

문경새재 그 소원

산천의 등허리를 업고
굽이굽이 세월의 사연 품은 문경새재
어느 사람은 구름이 되고
어느 사람은 물이 되어
다시 새 생명을 적시고
길을 가는 그리움 바람에 실은 소원
천지 사방의 희로애락
청운의 꿈을 불러 모으던 선비의 숨결
새가 날며 힘들어 하던
산봉우리 나뭇가지는 그 자리에 있는데
땀방울 눈물 닦던 그 선비의 자취는 간 곳 없고
내 눈앞에 소리 없이 세월만 걷는다

과거길 꿈길

이슬 한 방울도 비켜서던 조용한 시간
얼마나 꾸었을까? 세상의 꿈
문경새재 넘어가는 고갯길 아리랑
장원급제 과거시험 메아리도 잠재운 기도소리
산천 굽이굽이 그 선비 발걸음 발걸음
삼복더위 햇살만큼이나 뜨겁다

사람은 가도 사람은 가도
문경새재 넘나드는 산새 울음소리
지금도 울며 지금도 울며
그날의 그 님을 불러 본다
그날의 그 선비를 부른다
사람의 역사가 되어버린 문경새재 품고

도담삼봉

아버지 가슴처럼 해가 뜨는 아침
어머니 마음처럼 달이 뜨는 저녁
삶의 길을 열어주는 뚜렷한 사계절
동방의 밝고 맑은 나라 대한민국입니다

사람의 깃발 들고 삼천리 금수강산
바람처럼 날고 구름처럼 머물고 싶은
님들 사연들의 기상
강물 속에 고요히 흘러가고 있나이다

그 이름 하나하나 역사의 숨결로
민족 앞에서 움직이는 생시의 모습처럼
이름이여 이름이여 조선의 정도전
님의 마음 푸른 강물 위에 도담삼봉으로 우뚝 솟았습니다

사라지지 않는 흔적 선명한 그림자처럼
세월의 언어가 되고 세상의 거울이 되어
오늘 내일을 사는 후손들 꿈의 터전을 열어가는
저녁노을 도담 세 봉우리 머리 위에 꽃피는 얼굴을 봅니다

사람의 잔치가 시작됐다

꽃을 그리워하는 봄산의 꿈이 펼쳐진다
눈을 뜨면 앞산의 세상만 보이고
눈을 감으면 세월의 뒷산도 보인다

네 마음에 강을 건너라 내 머리에 산을 넘어라
어느 세월 어느 길에 배가 부르면
숨겨놓은 조각된 작품 무슨 향기가 있겠느냐

군밤 장수 장작불 타 들어가는 따뜻한 소리처럼
마음 속에 난로 하나 들여놓고 살면 어떨까
인생을 태우는 뜨거운 불길 한 부서기라도 지펴 보아라

밥상머리 밥 한 그릇이면 배부르지 않더냐
따뜻한 햇살 무늬 보인다 예쁜 꽃향기도 풍긴다
사랑을 품은 사람 꽃진 자리 꽃 피니

꽃피어나듯 살고 꽃지듯 살아가라
손에 쥔 것 내려놓고 남기지도 말고
꽃씨 하나 심은 정성 사람의 향기로 잔치를 벌인다

어머니와 홍시

돌담을 의지하며 뿌리 내린 감나무
엄동설한 가지 끝을 나는 까치를 위해
홍시 하나 남겨 놓은 마음 어머니 마음
서릿바람 불고 눈발이 날려도
가지 끝에 빨갛게 걸려 있는 어머니 사랑
우리 가족을 위한 모습 그대로 걸려 있다

정치가 되고 싶은 날

정치는 봄 여름 가을 겨울이다
봄날이 화려하다고 꽃만 아름다울까?
새도 울고 나비도 난다
여름날이 덥다고 나무만 푸를까?
비도 내리고 햇살도 내린다
가을날이 풍성하다고 곡식만 익어갈까?
들국화도 피어나고 단풍도 물들어간다
겨울날이 춥다고 얼음만 얼어붙을까?
눈도 있고 찬바람도 불어온다
그 중에 하나씩만 갖는 능력이라면
봄날의 꽃
여름날의 나무
가을날의 곡식
겨울날 군밤 구워 먹는 난로가 되고 싶다

민원 보는 사람들

산에 핀 꽃 들에 핀 꽃
비 오면 똑같이 젖는다
사람의 사연 큰 꽃 작은 꽃 어디 있을까?
사람의 얼굴 예쁜 꽃 미운 꽃 어디 있을까?
사람들 민원마다 살아온 사정마다 모두모두 다를 게 없다

나의 손바람은 시원하지 않다
나는 그들에게 자연 바람을 불어주고 싶다
나의 가슴으로 따뜻이 품을 수 없다
나는 그들에게 뜨거운 태양을 비춰주련다
사람들을 사람들을 비 맞지 않는 빛나는 은하로 흐르게 하고 싶다
차별 없는 똑같은 사랑으로

내 마음 알까

네가 보고 싶은 내 마음 얼마나 될까?
그 높이 재보려고 하늘에 손을 띄워봤다
지금도 세월처럼 떠 있는 구름이다

나를 힘들게 하는 네 마음이 얼마나 넓은지
그 넓이 재보려고 초원에 발을 펼쳐봤다
지금도 가을처럼 피어나고 있는 들꽃이다

하늘 땅만큼 보고 싶게 하는 너
하늘 땅만큼 힘들게 하는 너
이게 네가 나에게 준 가을 선물이야

가을 사이

내가 가을을 좋아할까?
가을이 나를 좋아할까?
이래도 좋고 저래도 좋다
너와 나는 세월과 자연 사이

봄처녀 꽃향기 설렘도
한여름 뜨거운 청춘도
말없는 약속을 따라가면
가을이 기다리고 있고
내 자리까지 비워 둔 공간

고운 빛깔 물들여주는 사랑
바람에 흔들리는 나무처럼
가벼운 그리움 익어가는 향기
채우고 비우는 아름다운 동행

사람도 꽃도

햇볕만 받는 꽃 행복할까?
비바람 맞는 꽃 불행할까?
양지가 음지 되고 음지가 양지 되는 날
돈 많다고 웃고만 살 수 없고
돈 없다고 울고만 살 수 있을까?
일찍 핀 꽃도 예쁘지만
늦게 핀 꽃도 아름답다
꽃의 얼굴도 사람의 꿈도

9월 높이 9월 넓이

하늘이 높을까?
내 마음이 더 높을까?
들판이 넓을까?
내 마음이 더 넓을까?
들꽃들이 향기로울까?
내 마음이 더 향기로울까?
내기하고 재보아도
더 넉넉해진 가을 길 줄자

삶의 길 여행길

여행은 상상을 이어주는 꿈
눈을 크게 뜨고 마음을 내려놓고
내게 없는 보고 담는 공간
세상에서 가장 아름다운 사랑을 찾아가는 길
내가 그 곳에 아름다운 꽃이 되어
주인공이 되는 세상 무대다

소설이 되고 영화가 되고
보는 순간마다
아 감탄 속에
눈이 놀래고 손길 발길 생각 마음이 움직이는 자리
누구라도 찰나의 꿈이 떠올라 시인이 되는 광경이다

돈보다 더 좋은 여행
삶의 본질을 닦아가는 길
나를 집에서부터 따라온 바람
가는 곳마다 잘 어울리는 친구처럼
나도 그 옛날 세상길 속으로
늘어난 시간 따라 넓어진 공간을 걷고 있다

길이 된 로마를 걸으며

여행길 아무리 빠르고 바쁜 바람도
넓은 강도 넘고 높은 산도 너머 가지만
눈앞에 시간은 너머 가지 못한다

사람의 탐욕이 제아무리 크다고 해도
누구에게나 주어진 삶의 길을 모두 가질 수 없고
하늘보다 높이 쌓아 올릴 수 없다

인생은 세상 속에 여행길이다
여행길에 무슨 짐이 그리 필요할까?
삶을 자연처럼 시간 따라 길 따라 살고 싶다

감동의 눈빛이 봄날의 꽃처럼 피어나고
설레는 마음이 바다의 파도처럼 일어나고
걸음걸음 아름다운 여행처럼 살았으면 좋겠다

무거운 짐 들고는 사방을 둘러볼 수 없으니
세월이 남긴 흔적 인간이 남긴 문화유산
길이 된 로마를 걸으며 이 시간 내가 무엇인가 묻는다

너 자신을 알라

그 옛날 로마의 처음처럼
남의 것을 눈독 들이면 내 것이 작게 보인다
남의 것에 눈을 감아 버리자
그리고 우리 것에서 새롭게 생각해 보자
들꽃도 오래 보면 예쁘고
들풀도 오래 보면 사랑스럽다

매혹적인 장미꽃만 꽃이련가
화려한 목련꽃만 꽃이련가
5천년 역사의 깊은 잠을 무엇으로 깨울까?
눈을 감은 어둠에서 상상의 앞을 보자
남의 새벽 보지 말고
우리의 새벽에서 아침을 만나고 싶다

그 꿈을 찾아가는 길 내 안에 있다 네 안에 있다
너와 나 자신을 알아가면 길이 닦여진다
찾아라 열릴 것이다
상상하라 보일 것이다
세상의 빛이 된 로마의 처음처럼
선진 인류는 누구를 따라하지 않았다
내 자신을 알라 너 자신을 알라

그 이름 인간의 무늬

세월도 가고 사람도 갔지만
구름과 바람은 저렇게 남아돌아
오죽헌 역사의 숨결 어젯밤 꿈처럼 불러 보니
푸른 솔잎 늙어지지 않는 사연을 알겠습니다

벌레도 꽃향기 취해 이파리 잡고 노니는데
대나무 초년은 소년의 기상인 듯
까만 색으로 꿈을 그려 놓은 자리
인생의 세월 먼 길 돌아 성족으로 서 있습니다

나라가 증명한 민족의 영혼이 된 율곡 이이
어머니의 꽃이 된 신사임당 인문 사랑이여
오늘 이 마당에 해당화 꽃은 피어나고
내일도 울타리에 오죽헌의 사랑은 피어납니다

인간의 무늬로 그려준 인문의 길 닦아놓고
그 세월 놓칠세라 떠날 수 없는 오백 년 자리
시 서화를 짓고 인생을 그리던 사람의 역사여
당신의 이름 앞에 여기 사람의 인기척 머물고 있습니다

그 꽃

내 눈은 항상 웃는다
내 입도 항상 웃는다
내 얼굴은 항상 꽃밭이다
생각 속에서
아침에 제일 먼저 만나고
저녁에 제일 늦게 기다리고
그것도 모자라
꿈 속까지 따라다니며
피는 그 꽃
시인의 눈 속에서 보았다

제4부

그때는 몰랐습니다
꽃도 사람도 상처가 꿈이 된다
세월 빈 의자
가을에게 물었다
시 쓰는 길
가을을 마신다
그 이름 꽃보다 박영선
산타가 전해준 선물
구로에 산다
아흡 노인의 향기
박수를 보낸다
길이 된 사람 송영길
꿈과 희망이 된 땅 구로
바쁜 하루
사랑을 물었다
가을 쉼표
담쟁이와 벽
그 세월
한가위 사랑
보름달 어머니
보름달 생각
소녀와 달
양심의 꽃으로 피는 법
가을날 무엇을 버릴까
어머니의 존재

그때는 몰랐습니다

어머니의 인생은 어디에 있을까요?
어머니의 추억은 어디에 있을까요?
저 꽃밭에 있을까요?
저 들판에 있을까요?
잔잔한 호수 물결 위에 바람이 스쳐 갑니다
봄날이 지나고
꽃이 지고 나서
어머니의 인생과 추억이 사랑을 피워낸
세상의 아름다운 생명인 줄 알았습니다
가장 가깝고 쉬운 것을 몰랐습니다

꽃도 사람도 상처가 꿈이 된다

봄 여름 가을 겨울을 지나오면서
비바람 눈보라 태풍을 맞으며 사는
산천에 수많은 꽃들 중
상처 받지 않은 꽃 어디 한 송이라도 있을까?

그들도 운명의 시련 속에서
꺾이고 쓰러지고 일어나지 못한 꽃도 있었지만
그래도 햇빛 달빛이 품어준 희망으로
꽃은 끝내 꽃 씨앗을 포기하지 않았다

이 땅에 사람으로 나서
외로울 것도 슬플 것도 없다
삶을 일구어가는 숱한 나날
상처와 고통이 없는 사람이 어디 있을까?

세상길 사람도 마찬가지다
희로애락 맛을 아는 것은 생명의 운동이다
인생의 행복을 느낄 수 있는 생산이다
상처 입은 꽃 상처 받은 사람 아름다운 영혼의 꿈이다

세월 빈 의자

세월 마중하는 아이들 진달래 웃음소리
아지랑이 피어나는 설렘도 이럴까?
햇살처럼 따뜻한 동무들의 눈빛
솔바람 사이로 스며드는 날
씨앗의 꿈을 기다리던 노동의 마음
긴 노을 아래 구름처럼
맑은 땀방울 위해 가는 세월의 터전
앉아도 앉아도 흔적 없이 넓어지는 공간
주어도 주어도 풍성해진
허수아비 참새와 노니는 들판
당신을 그리는 사랑이 머무는 가을 빈 의자

가을에게 물었다

사람들에게 물었다
왜 가을이 좋으세요?

가을은 풍성하니까
가을은 향기로우니까
가을은 단풍이 예쁘니까
사색의 계절이니까
가을은 하늘이 높으니까

맞는 말이다
그런데 가을은 그게 아니었다
가을에게 어떤 사람이 좋냐고 물었다

허수아비와 같은 사람
세월의 풍미를 아는 빈 들판 같은 사람
낙엽이 가는 길을 어머니 사랑이라고 부르는 사람
젊은 가을 빛 눈에 넣고 단풍 불러 노래하는 사람
늙어가는 가을 빛 마음에 품은 낙엽소리로 시를 짓는 사람
가을은 사람의 계절이니까

시 쓰는 길

왜 나는 시를 쓰는가?
가슴이 '두근두근 쿵당쿵당' 설레고 싶어서
파란 마음 붉은 얼굴 사계절 피어나고 싶어서
심장을 뜨겁게 오그라들고 싶어서
아름다운 사랑을 알고 싶어서
풍요로운 행복을 누리고 싶어서
자연의 언어로 생명을 돌보기 위해서
인생을 예술처럼 살고 싶어서
숨 쉬는 꽃씨 심어 놓고 웃으며 살고 싶어서
늙지 않고 오래오래 장수하고 싶어서
세상길 아름답게 인생길 깨끗하게
내 마음 속에 꼭 시 쓰는 길을 갈고 닦고 싶어서

가을을 마신다

가을은 사색을 좋아하고
너는 시를 좋아하고
나는 그런 향기로운 가을에 빠지고
나는 그런 매력 있는 너에게 빠진다
오늘은 커피 대신 가을을 마신다
그리움과 사랑이 들풀처럼 들꽃처럼
잘 어울려 놀고 있어

그 이름 꽃보다 박영선

꽃이 입을 열면 누구처럼 말할까?
달이 마음을 보이면 무엇처럼 보일까?
수수께끼 같은 궁금증 풀어볼까?

정치는 생각의 꽃씨를 마음 밭에 심어 피어낸
생명을 살리는 꿈의 일터
그 아름다운 향기를 언어로 피어내는 것이다

꽃의 말이 그려지는 상상의 여인
바람이 불 때면 호수에 여울지는 달의 동그라미 마음
세상의 둘레가 되어 가는 가슴이다

누구에게나 차별 없이 웃어 주는 꽃처럼
누구도 한눈에 빠지는 행복한 얼굴
사람들이 닮고 싶은 박영선의 꿈은 사랑뿐이다

정치길 위에 사랑을 자유롭게 하는 님
시냇물처럼 세상 이야기 흘러가는 말솜씨
어느새 강물이 되고 바다를 이룬 큰 생명의 꿈

박영선 걸음마다 계절이 된 향기

오래 된 역사 새로운 역사 사이좋게 사람의 무늬가 되어
앞서거니 뒤서거니 피고 지는 자연처럼 그려져 있다

들판에 꽃씨 풀씨 세월 품은 꿈의 자리
비가 오고 바람이 불어도 눈이 오고 햇살이 내려도
그날의 사실이 진실한 약속으로 피어난다

꽃이 좋아하는 사람 1위
사랑을 좋아하는 사람 1위
사람을 좋아하는 사람 1위
궁금하다 다음에는 뭘까?

사람과 사람들 사이사이
박영선이 입을 열면
온 동네 꽃들이 설렌다
길 가던 꽃들도 활짝 웃는다

산타가 전해준 선물

무엇이 가장 좋을까?
보석일까? 권력일까?
이것도 저것도 다 좋지만
날마다 웃는 얼굴 하나
향기로 말하는 고운 말
그래서 꽃이 최고 선물이지
그대가 언제나 내 곁에 있는 그 꽃
산타가 내 마음 잘 알고 있을 거야

구로에 산다

어디 사세요?
마음과 입술 누가 먼저랄 것도 없이
약속처럼 뛰쳐나온 동네
내 이름보다 먼저 그 이름 구로다
구로에 산 지 20여 년 구로를 떼어 놓고서는
조규영을 생각해 볼 수 없는 한 몸 사랑이 되었다

우리 집 우편함에도 내 얼굴이 된 주소
내 이력서에도 구로에서 펼쳐진 인생길
언제나 처음처럼 문을 열고
대문처럼 반기는 그리운 품
누구에게나 자랑하고 싶은 구로다

사랑도 넘쳐 문틈 새로 새어나가는 행복한 가족
담 넘어 피어나는 넝쿨장미처럼
아름다운 이웃들이 사는 사계절
세상 사는 이야기 향기처럼 피어나는 집집마다
구름 한 조각 비둘기처럼 날아 앉아
꿈과 희망의 시간이 머무는 구로에서 나는 산다

아홉 노인의 향기

나무 그늘 있는
어느 길거리 공원
어느 시간에서
누가 만나 보았나요?
아홉 노인들
세월을 품었을까?
인생을 내려놓을 자리였을까?
바람 한 점 그리움 되고
햇살 한 점 사랑이었을까?
삶의 희로애락 세상길에 내려놓고
어느 시간에 앉아
아직도 못 이룬 꿈을 노래했나요?
아스팔트 바닥에서 피어나는 잡초의 생명력으로
척박한 땅을 딛고 일어선
하얀 민들레 사랑으로
풍요의 땅을 이룬 구로 땅에
사랑의 홀씨로 풍겨 갔나요?
구로 땅에 거리마다 시간마다
아홉 노인의 고전의 향기
전설처럼 신화처럼 새로운 꿈이 내립니다

박수를 보낸다

구로공단 시절 열심히 일하는 사람들
세상에서 가장 착한 사람들을
공돌이 공순이라 불렀다

이제 구로 디지털 밸리에서는
구로의 사랑 직원 사원 노동자로 불린다
누가 누구를 무시할 사람 있을까?

그 시절 그 터전 구로공단
이 나라 산업의 원동력이 되었다
공돌이 공순이라 불리우던 그들에게 박수를 보낸다

길이 된 사람 송영길

재산이라곤 산을 옮기는 힘
겨자씨만한 믿음 하나 있는 사람
풀만 먹는 소처럼 일 잘하는 소처럼
동네 큰일 작은 일 차별 없이 구루마에 실은 꿈
세상 동네로 통하는 길 희망의 소리 삶의 길
사람과 뗄 수 없는 운명의 멍에가 사랑뿐인 그 사람 송영길이었다

고흥에서 서울까지 무엇을 위한 53년일까?
세상과 사랑을 위한 자유 민주 평화 정의의 길 길 길
손꼽아 세어 보고 동지들 손까지 빌려 세어 봐도 모자라는 손가락
무엇을 위해 누구를 위해 국회의원 인천시장까지
비바람의 몸이 된 들판에 풀잎 같은 생명이었다

계절은 바뀌어도 세월처럼 변함없는 땅
논밭 갈고 맨땅도 갈아엎는 힘
들길 산길 골목길 신작로길
어디를 걸어도 잘 어울리는 발걸음
소가 가는 길 사람이 가는 길 생명의 길을 이루었다

세상길에서
메아리 따라 새가 노래하는 산처럼

다가오는 구름을 밀어내지 않고
불어오는 바람에 몸을 내주는 산 같은 믿음으로
항상 낮과 밤을 위한 해와 달을 안고
북극성을 향해 모여드는 별들을 부른다

꿈과 희망이 된 땅 구로

밤 깊은 길가에 가로등 내 눈처럼 말이 없던 시절
하늘의 별을 보며 길을 걷던 무거운 발걸음
구로공단을 들어 보지 않은 사람이 어디 있을까?

대한민국 산업의 대낮을 비치는 태양 아래
그저 살기 위해 돈 벌러 왔던 젊은 청춘들
어느 인생인들 무슨 꿈을 이룰 희망이었을까?
하루하루 세월을 세어보는 사람들
기름 같은 노동의 땀방울을 먹고 구로공단은 살아왔다

흘러가 버린 오랜 시간의 그리움처럼 불러보고 싶은 그 날
추억의 한 자락 펼쳐놓고 사연 들여다보니
웃음도 울음도 시계가 멈춰 있는 구로 길가에서
노란 유채꽃 나를 보는 얼굴
구로는 서울의 거울이었다
대한민국 희망의 길이었다

옛날과 새로운 오늘이 사는 땅
그날의 꿈처럼 솟아 오른 빌딩을 품고
차 한 잔에 역사의 향기를 마시며
숨바꼭질처럼 나를 나를 행복한 술래로 만든다

바쁜 하루

시간이 바쁠까?
행사가 바쁠까?
내가 덩달아 바쁠까?
밤늦은 동네 행사
해는 떠나갔어도
달이 마중 나왔다
서로 다른 시간에서 세상을 향해 꿈꾸는 길
사랑이다
행복이다
내 마음 속에 달 하나 해 하나 살고 있다

사랑을 물었다

봄에게 사랑을 물었다
꽃처럼 피어나는 일이라 했다
여름에게 사랑을 물었다
햇살처럼 뜨거운 일이라 했다
가을에게 사랑을 물었다
단풍처럼 물들어가는 일이라 했다
겨울에게 사랑을 물었다
눈처럼 내려 쌓이는 일이라 했다
그대에게 사랑을 물었다
참고 견디는 시간이라고 했다
나에게 사랑을 물었다
그리움이 꿈꾸는 밤이라고 말했다

가을 쉼표

바람도 살랑살랑
구름도 누린누린
햇살도 방긋방긋
가을 속에 세월은 없다
누가 바쁘다 하는가?
쉼표 없는 사람

담쟁이와 벽

담쟁이가 벽을 오른다
더 넓은 세상을 향한
꿈일까 욕망일까?
묵묵히 담쟁이 등이 되어준 진실한 벽
담쟁이 사랑 앞에
바람도 길을 묻는다

그 세월

위만 보고 오를 때는 나뭇가지만 보였고
아래만 보고 내려올 때는 나무뿌리도 보였다
돌 틈 사이 그 세월

한가위 사랑

둥글게 둥글게 모나지 않는 마음으로
하늘과 세상 사이 사람과 사랑 사이
한가운데 보름달 하나 달아 놓고 살아요
사랑의 잔치를 열도록 추석판을 벌여주는
한가위 보름달은 단 한 번도 약속을 어긴 적 없지만
나는 누구에겐들 보름달처럼
진실한 약속을 키워본 적이 있었는가?
가족끼리 동네 사람들끼리 오랜만에 만난 친구들끼리
사람 사랑 세상 사랑
더도 덜도 말고 한가위 사랑이 되고 싶다

보름달 어머니

어머니 추석 쇠러 왔어요
달도 웃고 사람도 웃는 한가위 길을 걸어 왔어요
초승달 눈빛 구름에 감았다 떴다
세월 세월 구름 속에 숨바꼭질
일 년 중 가장 둥근 소망을 이룬 보름달
내 마음에 어머니 얼굴처럼 피어나네요
저 보름달 따서 내 눈에 걸어놓고
언제라도 달구경할래요
밤낮으로 달구경할래요

보름달 생각

세상에 큰 사람들
보름달 보고 무슨 생각이 들까요?
나누고 싶은 인심보다
따고 싶은 욕심이 생기지 않을까요?
보름달은 당신보다
더 크고 높아도 조용히
세상의 어둠을 비춰 주잖아요
논두렁에 반딧불보다 빛이 작은
당신도 이번 추석에는 보름달 마음이 되어 보세요
그러면 더 큰 소원도 열릴 거예요

소녀와 달

먼 그날에도 작년에도 올해도
소녀상 얼굴 앞에 보름달이 얼굴을 감춘다
소녀시절 붉은 볼에
초승달처럼 피어나던 수줍고 고운 살결

이름도 없는 꽃피는 봄날
진달래 향기 어둠에 숨기고
기억도 없는 단풍드는 가을날
국화 향기 그늘에 숨기고

달뜨는 밤마다 거울삼아
엄마를 부르고 고향을 부르던 그날
보름달도 구름 속에 숨어 울던 눈물
꽃잎에는 이슬방울 땅에는 비가 되어 적시니

한가위 보름달 말이 없는 사연
소녀가 나비처럼 잠자리처럼
날아오기를 빌고 비는 어머니 기도
소녀가 기도하는 그 소원 듣기 위해서 아닌가?

양심의 꽃으로 피는 법

세상길 사람의 길 자연의 섭리 따라 오고 가는 것일까?
비가 내리고 눈이 내리는 날
하늘에 물어보고 내리지 않는데
사람은 법의 눈치를 사방으로 살피며 산다

철 따라 얼굴빛이 달라져도
누가 따지고 간섭 없는 산천

꽃은 흙 속에서 피어나고
법은 양심에서 피어나지 않더냐?

법은 만병을 다스리는 명약이 아니라
인간의 법은 오직 사람이 품는 양심뿐이다
헌법에 인간의 양심을 위임하고
글자 하나 하나에 울고 웃는
공정 불공정을 비추는 거울 앞에 법의 얼굴을 본다

판결 없는 자연처럼
길가의 들꽃들도 사람의 간섭 받지 않고 피고 지고
철새도 날아가는 날
공중을 허락받고 떠나지 않는 세상의 길이고 싶다

가을날 무엇을 버릴까

세상길에 가을이 오면
들판은 풍성하고 산은 울긋불긋하고
바람은 향기로운데
내 인생에 가을이 오면
봄날에 꽃은 어디서 피고
여름날에 푸른 잎은 어디서 피어났는지?

그리고 가을날에 나의 인생은
무슨 색깔로 물들어가고 있는지
가을은 하늘 생각을 보여주고
땅도 마음을 내주고
물소리까지 저리 맑은데
나는 무엇을 사람에게 내주었는지?

땅을 밟고 하늘을 우러러
맑은 물소리처럼 이야기할 수 있는 사랑 몇이 될까?
풀 한 포기 보기도 부끄러운 인생길은 아니었을까?
겨울은 산 너머 꿈처럼 들려오는데
가을이 가기 전에
무엇을 얻을까 고민하는가? 무엇을 버릴까 웃어볼까?

어머니의 존재

꽃길을 걸어오신 어머니
논두렁길 밭두렁길을 걸으며 사셨습니다
나비처럼 날아오신 어머니
소처럼 땅을 갈고 사셨습니다
가정을 위한 행복 자식을 위한 사랑
노을길에 달을 기다리던 어머니
새벽길에 해를 기다리던 어머니
낮에는 해처럼 사시고
밤에는 달처럼 사셨습니다
꿈과 생시가 없었던 삶의 길
어머니의 다음 생애 길이 궁금합니다
세상에 단 하나뿐인 사랑의 존재
비바람 맞아도 그 자리에 피는 그 꽃
바로 어머니입니다

제5부

빨간 장미 사랑
길 하나
무수저
비 오는 날 연가
비결
행복한 일기장
박원순 시장님이 서울처럼 좋습니다
길이 된 산
사랑이 분다
공간
삭제할 수 없는 얼굴
궁금
눈앞에 보입니다
사랑의 이유
글씨
소망
나야 나
꽃처럼
사랑의 작품
행복의 공식
진실과 사실
편지
나의 사랑

빨간 장미 사랑

저게 어찌 장미꽃일까?
불덩이다
내 가슴에 타는 사랑

길 하나

강물은 냇물아 따라오라
시냇물은 강물아 나랑 같이 가자
따라오라 따라가자
바다로 가면 어차피 한 몸인데
왜 그리 앞서거니 뒤서거니
사람의 길도 하나인데

무수저

세상에 태어났을 때
네 손에 무슨 색깔의 수저를 쥐었느냐?
금수저 은수저 흙수저
엄마가 선택하라고 하더냐?
세상이 골라잡으라 하더냐?
수저의 색깔이 너의 인생길을
떠 먹여 주는 양식인 줄 알았느냐?
더듬더듬 엄마 가슴에 얼굴을 묻고
엄마 젖 먹고 살았으면
네 입술이 수저였고
엄마 젖줄이 양식이었다
너나 나나 똑같은 인생길이건만
엄마 젖 떼고 나니
이 세상에 어떤 사람들이
금길 은길 흙길로 갈라놓고
사람의 길을 색깔별로 칠해 놓고
색안경 쓰고 색깔을 보니
장님 손에 맡긴 지팡이
어두운 세상을 두드린 꼴이니
어찌 그 소리 귀담아 들을까?
무수저가 세상의 꿈을 그렸다

비 오는 날 연가

하늘이 보이지 않습니다
구름이 비와 헤어지려니
슬퍼서 얼굴을 가리는 걸까요?
세상 사람들에게 슬픔을 보이지 않으려나 봅니다
우리도 그 자존심 지켜줍시다
이유 묻지 말고
그냥 비를 맞으며 상상합니다
하늘의 슬픔이 땅에 기쁨을 주기 위해
사랑하는 구름을 버리고 내리는 사연
땅바닥을 두드리는 이 빗줄기 소리
얼마나 마음이 아프면 이렇게

비결

사람들은 나를 보고
무슨 좋은 일이 그리 많아
날마다 웃고 사냐고 합니다
"하 하 하"
간단한 비결이 있지요
사람들은 마음에 욕심을 심지만
나는 마음에 꽃씨를 심어놨거든요
사계절 꽃씨까지

행복한 일기장

인생이 사는 길 행복을 찾아가는 길
꽃도 사랑 받기 위해 피어나고
사람도 행복하기 위해 태어났다
꽃도 사람도 사람에게 사랑을 받는다

지금까지 나는 얼마나 사랑을 받았고
행복한 날이 있었을까?
나의 지난 일기장을 넘겨보았다
비 오는 날도 행복했고 눈 오는 날도 행복했다

더운 날도 추운 날도 행복했고
어쩌다 행복하지 않은 날도 있었지만
봄날 잔설 녹듯이 사라졌고
금세 그늘에 햇살 찾아들 듯 나는 웃고 있었다

세월처럼 이어진 행복한 일기장이 부럽다
일기장이 내게 고맙다고 말을 건네는 것 같다
삶의 역사가 된 숨 쉬는 일기장
오늘도 나는 일기장 속에 행복을 늘어놓는다

박원순 시장님이 서울처럼 좋습니다

사람의 마음을 만났습니다
당신을 보면 오래된 달밤에 은하수처럼 흘러가는 시
어둠을 밝히느라 밤새 잠 못 이룬 달
새로운 아침에 햇살처럼 떠오르는 날
따사로운 빛이 되어 길을 갑니다

꽃도 예뻐 손길을 떠나지 못하지만
들풀 한 포기도 밟지 못할 것 같은 발걸음
'흙은 어떻게 밟고 다니세요?' 묻고 싶을 때
'혹시 마음만 얹어 놓고 다니지 않을까?' 생각을 합니다

말 없는 세월도 당신에게 들렀다가
못다 이룬 세상 이야기 털어놓고
묻고 듣고 갈 것 같은 느낌을 받습니다
사람에게 사람이 잘 어울리는 박원순 시장이십니다

바람도 구름도 노니는 북한산 숨결
희로애락 싣고 흘러가는 한강물결
숨 쉬는 삶의 공간을 마련해 준 공원의 빈 의자 같은 사람
인문적인 색깔이 자연을 닮은 박원순 시장님이 서울처럼 좋습니다

길이 된 산

땀방울 내려놓고 가는 길
한숨소리도 내려놓고 가는 길
구름처럼 오르고
물처럼 내려오는 길
바람하고 같이 노는 길
낙엽을 보고 욕심을 내려놓은 길

사랑이 분다

바람은 꽃잎을 흔들지만
꽃잎은 내 마음을 흔든다
바람보다 센 꽃잎 바람

공간

그리움은 양파처럼 벗겨낼 수도 없고
그리움은 물처럼 퍼낼 수도 없습니다
허공에 가득한 공기처럼
손에 잡을 수 없는 바람처럼
내 마음에 소리 없이 살고 있는
당신의 그리움이 얼마나 높고 넓으면
하늘도 보이고 바다도 보이는데
그리움은 보이지 않을까요?

삭제할 수 없는 얼굴

전화번호도
카톡도 카스도 페이스북도
카페도 블로그도
이메일도
소셜 네트워크 길에
당신의 흔적이 있었던 곳은 모두 모두 삭제했습니다
이제 당신을 잊은 줄 알았습니다
그런데 지금 당신 얼굴이 보입니다
아무리 과학이 발달해도 삭제할 수 없는
내 마음 속의 당신 얼굴을
어찌 할까요?
그 곳은 나도 손이 닿지 않는 곳입니다
어쩌면 좋죠?

궁금

인생살이
고추보다 맵다
소금보다 짜다
맹물보다 싱겁다
쓴 약보다 더 쓰다
꿀보다 달콤하다
이걸 합치면 무슨 맛일까?

눈앞에 보입니다

꽃은 볼 줄 아세요?
눈을 높이 들고 보면
텅 빈 하늘만 보이고
눈을 아래로 보면
꽃이 보입니다
아름답고 행복하게 살고 싶으세요?
그러면 눈높이에 꽃의 얼굴을 맞추어 보세요
멀리 있는 것 높이 있는 것 찾지 마세요
그 사이 세월은 낮은 곳으로만 갑니다
당신 눈앞에 행복이 있습니다

사랑의 이유

날씨가 변덕스럽다
금방 비가 내리더니
어느새 햇살이 난다
인상 쓴 하늘 웃는 하늘
구름의 마음에 달려 있다

나를 기분 좋게도 하고
기분 나쁘게 해도
그대 마음 밉지가 않다
내 웃는 얼굴 하늘 구름처럼
그대 사랑에 달려 있으니

글씨

오늘도 이런 저런 글을 쓴다
서류 만들고 기획하고
그러다 카톡에 댓글 달고
페이스북에 글 올리고
하루에 글 쓸 일이 한두 가지가 아니다

주로 컴퓨터나 스마트폰으로 쓴다
사실 알고 보면 나의 글이 아니다
고장 나면 티끌만도 못하게 날아가 버린다
나는 진짜 글씨가 있다
내 마음에 필사를 해 놓은 글씨
"사랑해"
영원히 지워지지 않는
이런 글만 썼으면 좋겠다
시인처럼

소망

꽃을 보는 눈으로
꽃을 심는 손길로
꽃을 담는 마음으로
꽃을 닮아 사는 소망으로
내 가슴에 꽃씨 하나 뿌려 놓는다

나야 나

내 마음 알겠어?
너를 생각할 때마다
들풀 속에 들꽃 하나 보이거든
산들바람이 지나가다
들풀은 쳐다보지도 않고
네 앞에서 머무는 모습도 보여
밤이면 별빛도 네 머리 위에 내려앉기도 하고
사실 그 바람도 별빛도 나야 나

꽃처럼

필 때도 질 때도
말이 없고
예쁘고 착하다
달 뜰 때도 기울 때도 말이 없고 곱다
꽃과 달이 품은 그 숨은 속을
알아내는 것
그대의 마음일까?
사랑의 완성

사랑의 작품

네가 그리울 때마다
적어 놓은 글
네가 보고 싶을 때마다
그려놓은 그림
어느 소설가도 그렇게 많은 글을 써보지 못했고
어느 화가도 그렇게 많은 그림을 그려보지 못했을 거야
우리 사랑이 짝을 이루는 날
당신을 만나는 날 전시회를 하면
아마 온 세상이 갤러리가 될 거야
그 작품을 다 둘러보려면 세월이 짧을 거야

행복의 공식

그대 그리움을 쌓으면
사랑의 산
그대 사랑을 심으면
사랑의 나무
한 번 심은 나무
바람 불고 눈이 오고 계절이 바뀌어도
뿌리 내린 행복
우리는 더하고 곱하는 자연
끝없는 행복의 공식

진실과 사실

사랑의 이름
세월이 지울 수 없다는 것
진실입니다
하늘의 별
세월이 가져갈 수 없다는 것 진실입니다
내 안에 그대가
사계절 꽃처럼 피어나는 사실도 진실입니다

편지

옛날에는 달을 보며
그리움을 적었는데
요즘은 꽃을 보고 사랑을 적는다
먼 달이 소망을 이루어
꽃씨를 내 마음에 심게 해 주었다
이제 보고 싶을 때마다
우표 없는 꽃잎 향기를 보낸다

나의 사랑

사람들이 아름답다고 찬송하는 꽃
오늘에까지 세상에서
이 나이 먹도록 살아오면서
꽃이 나를 무시한 적이 한 번도 없다
내가 제일인 양 언제 봐도 웃어 준다

사람의 눈으로 보면
잘난 데도 없는 못난 나
꽃들은 나에게 향기를 풍겨주며
진실한 마음까지 보여 주었다
그래서 나는 꽃을 사랑할 수밖에 없다

제6부

부채바람
시인이 피운 불
새와 나
길을 걸어라
아이야 일어나라
광복절을 사랑합니다
엄마의 기도
한 송이 꽃으로 이 땅을 꽃밭으로
소녀상 봉숭아 꽃잎
오월을 부른다
사람의 꽃이 된 님이여
사람의 노래
촛불이 꽃이 된 봄
어머니 얼굴
이 밤이 새면 봄이다
민족의 여인 논개
정월 대보름날
민족의 사랑 유관순 누나
그 보물 그 색깔
어머니의 가을
시월의 사랑
아버지의 세월
낙화암 기분

부채바람

바람도 태워버린 땡볕 여름
가슴에도 불
얼굴에도 불
살결마다 불이 타오른다
산들바람도 고장나 버린 길
이 불을 끌 힘
작은 손부채만한 것이 있을까?
내 손에서
자연 바람도 식히지 못한 뜨거운 불을 끈다
나의 인생 삶도
부채바람의 힘처럼
꼭 살려낼 것이다
모래와 사람

시인이 피운 불

가을 산
이슬도 안개도
소낙비도 끌 수 없는 사랑
불이 된 산
시인이 피운 산

새와 나

높은 하늘
허공을 가르며
비행하는 자유
새의 날개가 부러운가?
나도 꿈속에서 새보다
더 넓은 공중을 날아다닌다

하루 시간은 24시간
일하는 시간 잠자는 시간
일하는 시간보다 더 중요한 시간
잠자는 시간이 아름답지 않더냐?
나는 그 시간에 세상을 날아다닌다
새도 나처럼 꿈을 꿀까?

길을 걸어라

세월의 길 세상의 길 자연의 길 사람의 길
어디론가 통하고 어디에서든 만난다
바로 가는 길 돌아가는 길
바닥에서 맴도는 길 오를 수 없는 길
아무리 좋은 길도 걷지 않으면 길이 아니다
길 위에서 멈추지 마라
삶이 멈춘다 생이 멈춘다
내 마음과 통하는 길을 걸어라
아름다운 길이다

아이야 일어나라

아이야 일어나라 아이야 일어나라
이제 더 이상 눕지 말고
펄떡펄떡 일어나라
노랑나비처럼 날아라
하얀 나비처럼 날아라
아이야 너를 기다리는 세월이 가지 못하고 있다

아이야 별도 달도 꽃도 잠들지 못한
이슬 다 모은 영롱한 눈동자 속에
엄마 아빠 얼굴이 보이지 않느냐?
바람소리보다 더 큰 한숨소리가
세월을 잡고 있는 엄마의 가슴 속에서
산천을 이루어 메아리로 살고 있단다

아빠가 해가 되고
엄마가 달이 되어
말없는 시간 속에 긴 꿈을 꾼 바다 속 아이를 품은
바위 같은 아빠 발길을 잡아라
바람 같은 엄마 손을 잡아라
아이야 학교종이 땡땡땡 종소리가 울리지 않느냐?
아이야 아이야 어서 빨리 일어나라

광복절을 사랑합니다

축축이 젖은 옷에 햇살이 든다
꽁꽁 얼어붙은 몸에 봄날이 왔다
얼마나 기다린 꿈의 세월이었나?
겨울날이 추운 것보다 어둡고 험한 길이었을 뿐이다

달뜨는 저녁 엄마 구름 꿈의 길을 가고
별 뜨는 밤 아가 구름 희망의 길을 가고
꿈속에서 꿈을 찾아가는 은하수
어디로 가나 독립의 나라로

꽃이 웃는다 새가 노래한다
새싹이 숨을 쉬고 벌 나비 날아드니
이 땅이로다 내 땅이로다
우리 집 마당에도 동구밖 논두렁 밭두렁에도
바람이 부추긴 풀벌레 목청 산천을 울린다

그리움 싣고 흘러가는 시냇물 강물을 만나 사랑을 나누고
바다 품에 안겨 노래 부르고 춤도 춘다
파도의 몸짓 꼭 우리 민족의 옷자락 같다
옛날이 될 수 없는 슬픔이여
그날을 품고 오늘 광복을 사랑한다

엄마의 기도

산천에 연분홍 진달래 얼굴을 보아라
생명의 노래 봄날은 웃지 못하고
향기 품은 세월길 돌고 돌며
말없이 바위 보듬고 둥지 잃은 신세가 목 메인다

허공에 떠돌다 애통하는 천상의 울림소리
낮밤을 떠돌다 엄마 꿈속에 들었느냐?
빗방울이 물이 되지 못하고 가슴에 피로 흐르고
발길 멈춘 바람소리 가쁜 숨소리 생명을 맴돈다

높지도 않은 산을 넘어가지 못하는
소년소녀 얼굴 같은 구름 한 조각 머리에 이고
아들아 딸들아 무언의 영혼을 부르며
엄마 숨결이 천국천사 나팔처럼 울린다

기적을 붙잡은 엄마 기도소리
바람결에 달려가고 구름결에 날아가고
못다 핀 꽃잎 같은 아들 딸 얼굴
해년마다 꽃씨로 세상에 뿌려지려나?

한 송이 꽃으로 이 땅을 꽃밭으로

우리 국민들이 가장 많이 불렀던 이름
김대중 김대중 김대중
당신은 민주였고 자유였고 정의였고 인권이었고
평화였고 통일이었고 사랑이었습니다

민족의 아픔 나라의 아픔 피눈물을 가장 많이 흘리신 당신
노무현 대통령이 떠나시던 날 대성통곡하시던 모습
나라를 가꾸고 지켜왔던 조상들의 울음이었습니다

당신이 남긴 그 눈물은 어린 아이 눈물보다
더 깨끗하고 순수했던 세상의 눈물 사람의 눈물
사람 사는 꿈으로 피어나는 생명력이 되어
잔혹한 독재자 딸도 물리치고
온 국민의 축복 속에 문재인 대통령을 탄생시켰습니다

행동하는 양심을 죽음 앞에서도 보여주신 성인
그 숱한 고난의 길을 걸어왔으면서도
인생은 생각하면 생각할수록 아름답고
가로 막는 자 있어도 역사는 앞으로 발전한다
인생과 역사의 문을 열어주신
미래의 길 생명의 길 진리의 길이었습니다

소녀상 봉숭아 꽃잎

봉숭아꽃 물들인 여름날
하양나비 빨강나비 노랑나비 술래잡기
울타리에 올랐나 눈을 감고 떠보니 길 잃은 나비 한 마리
햇살을 남겨두고 노을 속에 사라져간다

어둠 속에서 길을 찾는 땅바닥에 떨어진 이슬방울
밤새도록 울어대는 누구의 눈물일까?
만주벌판 어둠에 찢긴 꽃잎마다 맺힌 설움
꿈속에서 눈물로 물어 보는 고향길이 막힌다

그리운 어머니 장맛비가 그치면 눈물이 마를까?
이름을 잃어버린 위안부 소녀의 운명 앞에
피눈물에 젖은 순정의 단발머리 연분홍 치마저고리
내 눈앞에서 주인을 몰라보고 바람처럼 서성거린다

봉숭아 물들이다 남은 내 고향 집 여름이 기다린다
얼마나 더 많은 은하수를 따라나서야
우리 어머니를 만날 수 있으려나?
나비야 나비야 나랑 같이
그날의 장독대 봉숭아 꽃잎에 날아가잔다

오월을 부른다

울타리에 올라 나팔꽃 세상길 바라보던 날
오월 하늘 떼지어 놀던 하얀 구름
울어대는 천둥 번개소리 무등산 메아리가 맞선다

봄날의 꽃잎보다 고운 소녀의 얼굴들
오월의 풀잎보다 파릇한 소년의 얼굴들
민주의 숨소리 바람이 되고 자유의 따뜻한 햇살을 비춘다

꿈이냐 생시냐 총알이 비처럼 쏟아지는 거리 거리
내 누이동생 꽃잎처럼 피어나는 가슴의 꿈
자유를 속삭이는 새싹을 짓밟은 심판의 역사를 부른다

갈기갈기 쓰레기 더미처럼 쌓여 버린 생명
어머니를 부르고 광주를 부르고 정의의 역사를 부르며
오늘도 민주는 들꽃처럼 영원히 세월 속에서 피어난다

사람의 꽃이 된 님이여

님이여 보이시나요? 님이여 들리시나요?
해마다 오월이 오면 민들레 홀씨처럼 사방에 사랑을 날리고

장미꽃처럼 세상을 아름답게 살고 싶은 사람들이 보이시나요?
철새는 떠났어도 오월의 들녘은 남아
푸른 가슴에 하늘 노을을 품고 세상 새벽의 꿈을 꾸고 있습니다

님이 가실 때도 오월 님을 맞을 때도 오월
님이 남긴 그 뜨거운 불씨
촛불의 몸속에서 피어난 장미 대선
그 오월 이 오월 사람의 꽃으로
제19대 새로운 대한민국의 꽃으로 피어났습니다

님이 남긴 인고의 자취 사람의 오랜 친구가 되어
님의 사랑 세상길 큰 인연의 그림자로
세월보다 길고 긴 이름으로 부르겠습니다
꿈을 깨어 눈을 씻고 보니
그 눈물 사람을 위한 오월의 꽃으로 피어났습니다

님은 갔어도 누구도 님을 보내지 않았으니
내 가슴에 님의 바람은 오늘 여기 남아

사람의 노래

세상 울타리를 오르는 장미꽃 소녀 얼굴처럼
아침 해맑은 미소처럼 열려 있는 문 사이로
흰 구름 파도와 노니는 광주의 1980년 5월
푸른 들판 들꽃의 아우성 민주화 꽃밭을 이룬다

무등산 햇살 품은 메아리 금남로에 내려앉아
형아야 언니야 아우야 엄마야 아빠야
자연이 준 아름다운 봄날을 보듬고 울어댄다
떨어진 들꽃잎 빗물인가 핏물인가 부둥켜안고 어디로 가나?

종이처럼 찢겨진 살결마다 두부처럼 잘려나간 살점마다
바람이 되어 흐르나 구름이 되어 머무나
봄날을 찾아 세월을 찾아 역사를 찾아
이름 하나 오월에 남기고 정의의 길 떠나가느냐?

꿈이면 빨리 새벽으로 깨어나라
생시면 빨리 자유 앞에 멈추어라
오월의 꽃향기여 사람의 노래여
어느 세월 가더라도 이 땅에 피어나는 민주화 꽃입니다

촛불이 꽃이 된 봄

촛불에 손을 잡고 봄을 꿈꾸었던 풍경
촛불이 몸을 다 태우니 꽃으로 피었네
꽃피지 않는 봄을 맞을까?
산도 들도 얼마나 걱정했을까?
이제는 잘났다고 뽐내지 않고
못났다고 기죽지 않는 꽃처럼
향기로운 봄바람을 노래 부르자
봄이 왔네 봄이 와
꽃이 폈네 꽃이 펴
그대 얼굴에도 내 마음에도

어머니 얼굴

어머니를 생각하면
세월이 남기고 간
딱 하나 그리움
나뭇잎에 매달려 있는
이슬방울 같은 마음
바람처럼 밤낮으로 부르고 싶은 어머니
오늘밤 꿈속에 달이 뜨면
홍시를 노래하는 까치처럼 만날 수 있을까요?

이 밤이 새면 봄이다

작년 봄에 피지 못한 꽃
올봄에 피어야 봄이다

3월에 꽃피지 못하면 4월에 누가 나를 반기랴

겨울이 아무리 보기 싫어도 꽃샘추위를 견뎌야 봄이 오고
꽃이 아무리 그리워도 꽃샘추위를 맞아야 봄을 만난다

내 꽃이 피어야 봄이다 네 꽃이 피어야 봄이다
나는 너를 그리워한 봄산 너는 나를 사랑한 봄꽃

민심의 꽃을 피우기 위해 일천오백만 촛불을 태웠다

오천년 힘으로 민족의 봄날을 찾아
역사의 꽃 사람의 꽃을 피우자
2017년 3월 10일 오전 11시

민족의 여인 논개

세월의 그리움처럼 흘러가는 남강에 비가 오면
지금도 여울지며 뒤돌아보는 빗방울
오늘 이 자리 그 마음으로 비가 내린다

가슴에 설움 싣고 이제나 저제나 사공을 기다리는 나룻배처럼
햇살 풀어져 노을빛 물들면
민족의 뱃길을 열어가는 달빛을 부른다

물결의 향기 썩지 않는 영혼의 꽃으로 피어올라
꽃잎처럼 춤을 추며 바람에 날려간 논개의 숨결이여
이 날의 사랑이 된 여인의 못다 한 님으로 살겠소

정월 대보름날

정월 대보름날 새벽바람보다 먼저 일어나신 어머니
오곡밥에 다소곳이 자리 잡은 수줍은 나물들
삼백 예순 날 세월이 남겨 놓은 오래된 사랑을 본다

아침 일찍 외로움을 날개 속에 감추고
홍시도 없는 감나무에 앉아 있는 까치 한 마리
골목길 동무들의 무정한 놀이소리에 목메인다

그 옛날 고향에는 보름달이 꽃처럼 피어올라
불 깡통놀이 지불놀이 뜨겁게 부둥켜안은 자리
꿈의 여백을 품은 환한 달밤 밤새도록 소망을 밝혀 주었다

진실한 어머니의 마음이 둥근달로 떠올라
집집마다 지붕 위에 강강수월래 돌며
사람들 발길을 밝은 눈빛으로 바라보았다

푸른 솔가지에 지핀 불길 속에 액운을 태워 버리고
징소리 장구소리 꽹과리소리 어울림에
사람들 그리운 얼굴 봄날 꽃처럼 피어올랐다

민족의 사랑 유관순 누나

아우내 장터에서 터져 나오는 만세소리
마을마다 사람마다 태극기 새처럼 날아
3월의 하늘은 민족의 붉은 혼불로 피어올랐다

검정 치마 하얀 저고리 민족의 꿈을 품은 소녀의 절규
생명의 영혼 뜨거운 피 애국의 몸부림
삼천리강산에 메아리처럼 울려 퍼졌다

왜놈들의 발길마다 억눌린 이 땅
엄동설한 얼음 속 동토 같은 이 찬 바닥에
유관순 누나 몸속에는 민족을 사랑하는 봄날이 살고 있었다

내 귀가 잘리고 내 눈이 파헤쳐지고 내 입이 천 번 만 번 찢어져 나가도
내 나라 내 민족을 위해 바칠 것이 이 한 몸뿐이라는
이 기막힌 현실이 절통하고 애통하고 원통할 뿐이다

자손만대 애국의 꽃씨로 뿌려져 간 님이여
봄비 맞는 3월의 하늘 아래서
민족의 이름으로 그리운 유관순 누나를 불러봅니다

그 보물 그 색깔

너는 오래된 낙엽 속에 숨겨진
내 색깔 한 조각 아닐까?
전생의 소풍길에 잊어 버렸던
그 보물 그 색깔
맞지?
이제 내 마음이야
너는

어머니의 가을

뜨거운 여름 햇살
가을들판에 옮겨주신 사랑
과실이 익어가는 빛깔 품고
철없던 육남매 삶의 노래
들려주시던 은혜
세상의 일꾼으로 만들어주신 어머니
달 하나 떠 있는
가을밤이 그립습니다

깊어가는 가을 밤
시를 쓰노라니
나를 넘어 세월 건너
우리 어머니 옷자락에 물든
그 날의 곱고 고운
어머니 마음으로 그려진
그 단풍잎이 보고 싶습니다
어머니

시월의 사랑

어머니 소망으로 채워진 만삭의 달
세월도 쉼하는 산마루에 앉아
시집간 우리 언니 얼굴처럼
시월의 단풍잎이 저렇게 웃는다

계수나무 술래 잡은 구름 속에
소나무 가지마다 두 팔 벌려 꿈을 부르니
그늘진 담장 아래 장미꽃은 시들어 가도
무지개도 시월 빛깔 사랑이라 부른다

거울처럼 닦아 놓은 맑은 하늘 아래
저 넓은 세월의 가슴을 드러낸 세상
사람들의 그리운 고요함 속에
별처럼 쏟아지는 사색의 고향을 품는다

아버지의 세월

삶을 짊어진 아버지의 그림자를 보며
왜 세월이 말이 없는지 알았다
먹구름 가슴 열고 비바람이 불 때면
바위를 품고 흘러가는 물결소리가
늙어 고목의 눈물인 줄 이제는 알았다

낙화암 기분

낙화암을 맴도는 가을 향기
우리 곁을 떠나지 못하고
부소산성 손길처럼 내미는 소나무
시 짓는 그대를 바라보고 있는 모습

삼천궁녀 닮은 그 물결 그 얼굴 그 향기
세월이 흘러가도
1500년 만에 처음이라고
쉬어가는 바람 한 점 귓속말로 일러준다

제 7 부

어머니의 축제
너를 찾아가는 길
미운 꽃은 없다
꽃과 당신
비처럼
마음 속으로
허공의 미학
풀꽃 닮은 시인
이름 없는 잡초는 없다
외로운 시간
겨울밤 홍시
풀벌레소리
꽃과 풀
들꽃
비와 꽃의 마음
합창하는 개구리
매미의 여름
시골학교
풀꽃의 노래
눈에 띈 들꽃
작은 풀꽃 노래
어머니와 장미꽃
장미꽃 속에서

어머니의 축제

어머니 어머니를 부르면
눈물이 먼저 대답을 합니다
어머니 우리 어머니는 하얀 목련꽃처럼
방문을 가릴 만큼 크게 웃는 얼굴이었습니다

어느 날 골목길에서 오라는 건지 가라는 건지
위아래로 저어대는 손사래가
바람에 흔들릴 때면 구름결이 내려앉은 것 같은
부드러운 언어가 된 손길이었습니다

이 밤에도 어머니를 닮아 살려는 저 달님
밝은 보름달을 열심히 그려가고 있습니다
어머니 우리 어머니는
낮에는 아버지 같은 해 덩어리 등 뒤에서

있는 듯 없는 듯 살림을 하시다가
밤이면 우리들의 꿈을 나눠주시느라
별 하나 남김 없는 새벽에나 잠을 이룬
어머니 우리 어머니의 생전이 그립습니다

오늘날 우리 6남매가 세상길에서

사람 노릇하며 살 수 있는 것은
어머니의 달님 같은 그 빛이
삶의 어둠을 밝혀준 등불이었습니다

어머니의 그 은혜와 사랑을 이 밤에 정성 모아 축제를 엽니다
언제부턴가 어머니를 만나는 기일날이
세상에서 가장 기쁜 날이 되었습니다
이제는 꿈 속에도 잘 나타나지 않으시는
어머니가 사무치게 보고 싶습니다

너를 찾아가는 길

내가 가장 가고 싶은 길
가장 편안하고 행복한 길
강도 없고 산도 없고
그리움이 다리 되어 건너가는 길
사랑이 구름 되어 넘어가는 길
너를 찾아가는 길

미운 꽃은 없다

풀꽃이 너라고 생각하면
들판이 온통 들국화로 보이고
장미꽃이 너라고 생각하면
산천이 온통 꽃밭으로 보인다
너는 언제나 피어나는 아름다움이야
내 눈은 사랑을 말하고
내 마음은 용서를 말한다

꽃과 당신

꽃도 예쁘고 당신도 예쁘지만
서로 다른 점이 있다
꽃은 흙 속에서 피고
당신은 내 마음 속에서 핀다

비처럼

비가 주룩주룩 내립니다
쌓인 그리움이 터져 버렸나 봅니다
비의 마음을 알 것 같습니다
나도 한 때
그대 향한 그리움이 비처럼 쏟아졌으니까요

마음 속으로

날이 어둡습니다
구름도 눈을 뜨지 않으니
햇살이 보이지 않습니다
이런 날에는
마음 속으로 들어가서
그대를 봅니다
그곳에는 맑은 하늘만 있으니까요

허공의 미학

허공을 바라본다
볼수록 깨끗이 텅텅 비어 있다
그래도 허전하게 보이지 않는 건 왜일까?
가진 게 아무것도 안 보인다
그래도 풍요롭게 보이는 건 왜일까?
새의 길도 자유롭게 열어주고
구름의 길도 평화롭게 열어주고
비의 길도 촉촉이 열어주고
바람의 길도 시원하게 열어주고
누구든 열어주기만 한다
어느 것 하나 채운 것이 없다
인생의 삶의 공간
인생의 꿈의 공간

풀꽃 닮은 시인

길 가다 너를 만나면 내 마음 반갑고 설렌다
이 너른 들판에 나를 기다리는 풀꽃

너를 두고 보잘것없는 흔한 존재라
눈길 한 번 주지 않는 사람도 있지만
나에게는 나를 닮은 소박한 풀꽃

누가 보나 안 보나 누가 알아주나 안 알아주나
세상을 시로 읽고 쓰는 나날
사물의 마음 자연의 생각

미래를 꿈꾸는 문 내 상상에 열리고
인생 희로애락의 노래
꼭 너를 닮은 시인 한 사람 여기
풀꽃이 예쁘다 설레는 사람도 있으니

눈길 발길 멈추는 아름다운 사람들
세상은 그대들이 있어 풀꽃이 피어난다
더 작은 풀꽃이 다 보일 때까지
시는 그 시인은 그곳에 흙이 되어 햇살이 되어
세월의 손으로 너를 그린다

이름 없는 잡초는 없다

잡초는 있다
잡초는 없다
이름 없는 풀
이름 모를 풀
길 가다 만난 사람
그 사람 이름
가르쳐 주기 전에는 모른다
그 잡초
나와 너와 인연이 안 되었을 뿐이다
잡초 아직 이름을 모르는 풀일 뿐이다

외로운 시간

인생의 절반은 혼자 있는 시간
사람은 그 시간이 외롭다고 한다
나는 혼자 있는 그 시간이 좋다
마치 시간을 정지시켜 놓은 자리
시간의 고요 속에서
봄에 필 꽃처럼 설레는 가슴
그대 생각의 연필로 시를 쓴다
세상에서 제일 아름다운 행복
혼자의 힘으로 꽃처럼 피어나는 꿈

겨울밤 홍시

햇살의 짝사랑 받고 빨갛게 익었을까?
달빛의 몰래한 사랑 받고 빨갛게 물들었을까?
낮에는 하늘도 품고
밤에는 구름을 안고
어둠에 길을 잃은 초승달
쉬어가는 감나무
그대 가슴에 안기는 겨울밤 홍시
사랑의 집 그리움의 고향

풀벌레소리

울다가 웃다가
입술도 안 보이면서
풀잎 물고
가을을 기뻐할까?
가을을 슬퍼할까?
가을을 외로워할까?
노래일까?
이야기일까?
하소연일까?
울다가 웃다가 지친
풀벌레 사연
가을 달빛만 안다

꽃과 풀

들판의 꽃이 전부 너라고 생각하니
나보다 행복한 사람이 없고
들판의 풀이 전부 나라고 생각하니
나보다 더 사랑받는 사람이 없다
불행도 없고
늙지도 않는
오래오래 자연처럼

들꽃

비가 오고 바람 불어도
들판을 떠나지 않은
푸른 들풀은
내 마음 닮았고
고운 들꽃은
네 얼굴 닮았다
떨어질 수 없는 운명과 숙명
우리 사이를 닮았다

비와 꽃의 마음

사람들도
논과 밭의 농작물들도
하늘만 쳐다보고 있다
모두모두 비가 안 오니 애끓는다
개울가도 시냇가도 호수도
햇살이 깊은 맨살까지 파고들어도
부끄러운지도 모른다
가뭄의 광경을 옆에서 지켜본
이슬만 먹고 사는
꽃들이 입을 모은다
이럴 때일수록
우리가 사람들을 위로해 주자
사람들이 모두 울상이다
우리 꽃들이 더 활짝 웃어 보이자
사람들이 우리를 얼마나 예뻐 했는데

합창하는 개구리

우물 안의 개구리
별 하나 보일까 말까
울음소리 들리지 않는다
시냇가의 개구리
수많은 별이 흘러가는 길이 보인다
바로 뒤에 별만치 시간도 따라온다
반짝이는 별을 보고
개구리 합창소리 들린다
얼마나 즐겁고 행복하면
저렇게 밤새도록 울어댈까
개구리의 노래다
시냇가에 개구리 같은 인생
세상을 한눈에 보고
일년을 백년처럼 오래오래 산다

매미의 여름

땅도 끓어오르고
내 마음도 끓어오르는데
그래도 땅도 비가 내릴 때까지
나도 그님이 올 때까지 참고 기다린다
그런데 매미는 땅보다 나보다 더 끓어오를
사연이 있을까?
매미는 가슴이 터질 듯 울어댄다
동네방네 온 산천이 떠나갈 것 같다
사랑일까 그리움일까?
슬픔일까 고독일까?
여름날 누구도 따라 할 수 없는
매미의 사랑

시골학교

어릴 적 시골학교
친구도 없고 동생도 없고 형아도 없고 언니도 없는
내 발걸음 동화 속을 걷는다
그 그림자 어디에 있을까?
그 숨소리 어디에 있을까?
교실을 둘러보지만
낯익은 책걸상 하나
나를 기다린 세월
숨소리 들을까 앉아 보지만
그래도 인기척이 없다
빠른 동작으로 뛰어놀던 바람
뜨거운 얼굴 반짝이며 뽐내던 햇살
이제는 텅 빈 동그라미
기죽은 모양새로 운동장에 앉아 있다
그 세월은 오지 않는 학교
선생님 풍금에 맞춰
고향의 봄을 부른
그 날은 점점 더 멀어지는가?
잡초가 어루만져 주는 발길
운동장을 돌며돌며 고향의 봄을 부른다
그 시절을 불러본다

풀꽃의 노래

내 이름은 들판의 풀꽃
노란 얼굴 빨간 얼굴 하얀 얼굴도 색깔마다 있는데도
무조건 풀꽃이라 불러줍니다
나에게 잘 어울리는 이름 하나 지어주면 안 될까요?
나도 님의 고운 입술에서 불려지는
이름 있는 풀꽃으로 피어나고 싶습니다
간절한 이 소망을 알아줄 사람 어디 없을까요?
수많은 세월 순결한 몸가짐으로 진실한 눈빛으로
들판을 오가는 사람들을 바라보며 꿈을 꾸었습니다
나의 얼굴 표정이 무엇을 원하는지
눈치 챌 사람이 그렇게 없나요?
풀꽃이 아니라
꽃으로 새롭게 인정받고 사랑받을
내 얼굴 빛깔에 잘 맞는 이름 하나 지어주세요

눈에 띈 들꽃

들판을 바라보니
예쁜 꽃들이 너무 많이 피었습니다
사람들은 꽃들이 모두 똑같이 예쁘니
누가 누군지 모르겠다고 합니다
그래도 나는 그대를 한눈에 알아보았습니다
혹시 다른 사람들이 분별없이
그대를 꺾어 버릴까 봐
내가 먼저 내 가슴에 꽂았습니다
늘 걱정 없이 볼 수 있도록

작은 풀꽃 노래

바람이 불어도 걱정 없고 비가 와도 걱정 없는
나는 들판에 사는 작은 풀꽃입니다
풀숲에서 얼굴이 보일까 말까 끼어 살지만
나는 세상에 생긴 것을 후회 없이
운명대로 숙명대로 살아갑니다

간밤에 내린 서리에도 눈발에도 놀라지 않고
낮에 햇살 한 모금 큰 선물이라 여기며
움츠리지 않고 당당하게 살아갑니다

아름다운 세상에 생겨나 어찌 아름답지 않을 것이 있겠습니까?
나도 세상에 온 까닭이 있다고 생각하니 자랑스럽습니다

이 세상은 누구라도 살 만한 곳이고
나도 그러한 생애를 즐기고 있습니다
세월도 차별 없이 나에게 똑같이 주고 있으니까요

어쩌다 사람들이 나를 발견하고
"풀꽃이 여기 피어 있네."
평생 이 한 마디 들으면
세상에 생긴 것을 기쁘게 생각하는 풀꽃입니다

어머니와 장미꽃

우리 집은 백 송이 만 송이보다 큰
한 송이 장미꽃이 사계절 피어 있다
우리 집은 돌담장도 없다
울타리도 없다
어머니 얼굴만 있다

장미꽃 속에서

장미는 적들이 많나 보다
가시 무기를 온몸에 달고 있는 걸 보면
어쩔 때는 비명소리가
담 너머에서 들려온다
장미꽃의 아름다움이여
장미꽃의 모순이여
장미꽃의 순수한 깊은 속을
누가 들여다볼까?
아마 시인뿐일 거야
내가 다가가면
가시는 이파리에 숨기고
속까지 붉은 마음을 보여주거든
장미꽃 속에서

제8부

네 길만 가라
얼굴과 얼굴
정치는
꽃 한 송이 피어나는 섬
큰 선물
쉼터
멀리 오래 가는 길
꽃의 꿈
청와대 앞길이 열렸다
권력과 민심
6.15 남북 공동성명 17주년
거짓정치
꽃으로 핀다
사랑의 생각
달보다 큰 사랑
구로의 추석
사랑의 공식
만해 심우장
꽃의 언어
눈 위에 첫 발자국
나의 장갑
꽃이다

네 길만 가라

세상길 탐욕 부리며 살기에는 세월이 아깝다
짐승도 배가 부르면
아무리 맛있는 먹이를 보아도
눈독들이지 않는다
꽃도 사람들이 서로서로 예쁘다고 해도
다른 꽃 얼굴 밀어내고 피지 않고
나무도 남의 가지 제치고 뻗어가지 않는다
나는 내 길이 있고
너는 네 길이 있다
이 넓은 세상길
안 가본 길을 찾아가라
남의 길 바위처럼 가로막지 말고
공중을 나는 새처럼 자유롭게
네 길을 가라

얼굴과 얼굴

웃는 얼굴로 장미꽃을 보면
사랑이 보이고
화난 얼굴로 장미꽃을 보면
날카로운 가시만 보인다
얼굴과 얼굴 사이

정치는

세상을 움직이는 힘
꿈을 이뤄주는 사람의 길
꽃밭을 가꾸는 눈길
나무를 키우는 손길
물길을 내는 발길
바람을 불게 하는 숨결
비를 내리게 하는 눈물
햇살을 달구고
달빛을 밝히고
은하수까지 흐르게 하는 하늘길
그런데
이 신비롭고 아름다운 마력으로
돈만 쌓고 권력만 쌓는 다툼만 한다
내가 존재하는 자리에서
국가를 위한 것 국민을 위한 것
나무처럼 크기에 따라 그늘을 줄 뿐
누구 하나 나무 그늘을 벗어난 시선이 없다
그러니 정치는 나를 위한 탐욕일 뿐

꽃 한 송이 피어나는 섬

누구도 찾아주는 사람 없어도 좋습니다
갈매기도 뱃고동소리도
들리지 않는 고요한 섬 하나
구름자락도 바람결도 비껴가는
내 마음에 섬 하나 옮겨 놓고 싶습니다
봄날에 꽃 한 송이 피어나는
그 섬

큰 선물

내 마음 속에
당신 마음

쉼터

세월이 빨리 간다고 한다
사람들이 빨리 사는 줄 모르고
세월 탓이다
인생길에 쉼터 하나 만들어 놓고
사는 여유
나무 그늘 아래
의자 하나 놓고 살자

멀리 오래 가는 길

내가 생각하는 길
멀리 가는 길
오래 가는 길
그동안 등잔 밑이 어두웠다
동행하는 길
내 앞에 당신

꽃의 꿈

사람들은 내가 하늘에서 떨어져
예쁘게 핀 꽃이라 생각한다
내가 꽃으로 아름답게 피어나서
사람들에게 행복을 주기까지는
나는 두터운 땅을 뚫고 일어섰고
하얀 눈이 내 눈을 가리고
꽃샘바람이 길을 막았다
찬바람이 온몸에 심술을 부렸지만
나는 끝내 봄날을 포기하지 않았다
나는 오직 나를 보고
행복해 할 사람들의 얼굴만 생각했다
기다리는 봄산과
봄 들녘만을 생각했다

청와대 앞길이 열렸다

청와대에 사람 하나 잘 들어오니
50년이 아니라
5천년 역사도 바꿔 놓을 수 있을 것 같다
청와대 앞길이 활짝 열렸다
입 다문 역사가 말을 한다
달도 별도 가는 길을 멈추고
유쾌한 김정숙 여사님
시민들과 산책길 동행길 구경한다
얼마나 그리워했던 밤에 핀 꽃일까?
50년의 세월
어젯밤 꿈처럼 이야기한다
어느 꽃들의 행진
이 밤에 발걸음보다 아름다울까?
평화의 길 사람의 길 청와대 앞길
가깝고도 먼 길
길이 있어도 가지 못했던 길
어제까지는 남의 길
아 기분 좋다
이제는 북한길만 남았다

권력과 민심

꽃은 한동안 웃고 살지만
떨어지면 사람들이 발로 짓밟아 버린다
풀은 한평생 웃지 못하고 살지만
온누리에 뿌리를 내리며 산다
누가 밟아도 기죽지 않고 일어선다
꽃 같은 권력
풀 같은 민심

6.15 남북 공동성명 17주년

김대중 대통령님 이희호 여사님
높은 산과 나무 같고
문재인 대통령님 김정숙 여사님
푸른 들판과 꽃 같아라
산과 들판 너무 잘 어울리는
자연의 한 쌍이 아닌가?
계곡물 강물로 흘러
바다로 가서 무엇이 될까?
평화의 바다 통일의 바다
민족의 바다
꿈을 이룰 6.15 자리
산도 하나 들판도 하나
달도 하나 해도 하나
문재인 대통령님 웃음 속에
무궁화 꽃이 피었습니다

거짓정치

꽃 한 송이 선물한 적 없는 자가
아름다운 꽃밭을 가꾼다
나무 한 그루 심어 보지 못한 자가
높은 산을 지킨다
들판의 잡초 함부로 밟고 다닌 자가
백성을 사랑한다
높은 산에서 '야호' 외쳐대는 자가 지도자란다
그런 소리 하지 마라
다람쥐도 토끼도 도토리도 밤도 산새들도 놀랜다
저 바람소리 저 물결소리 듣지도 못하면서
울부짖는 짐승소리는 알아듣는가?

꽃으로 핀다

어둠이 내린 의회 사무실에서
늘어놓은 이런 저런 일들 생각하니
어깨 등에 허리에 메고도 남는다
이 무거운 짐 어디다 내려놓을 데 없을까?
하늘이 무너져도 솟아날 구멍이 있다는데
그 길 사랑 정성이 뚫어놓은 희망일까?
겨울을 이겨내고 두터운 땅을 뚫고 봄날을 맞이한
꽃들도 지금 나처럼 힘들었을까?
그래서 꽃들이 예쁘고 아름답구나
사람들에게 사랑 받은 꽃이구나
이젠 나도 알았다

사랑의 생각

내 마음 가을 한 자락 당신에게 보냅니다
외로워 마시고 단풍으로 물들어 보세요
비단실 햇살 살랑대는 바람 따라 곁눈질하더라도
가을 향기는 당신을 향한 나의 그리움이니
산에 뿌리 내린 나무와 같아요

달보다 큰 사랑

사람들 사람들
고향으로 부모님에게로
그리움은 바람이 먼저 가고
추억은 구름이 먼저 가고
달은 달은 보름달은 둥글둥글
굴러가나 걸어가나 날아가나
우리 어머니 모습처럼 보인다

사람들마다 달처럼 순하고 부드러운 눈길
하늘보다 내 마음에 먼저 떠오른 보름달
말없이 행동하는 시간의 길
둥글고 밝은 눈빛 하나로
추억도 사랑도 꿈도 담아버린 한가위
온 세상 사람들 마음을 추석으로 바꿔 버린
달보다 큰 사랑 어디 있을까?

구로의 추석

옛날 같으면 서울 추석은 구로에서 시작되었다
돈 벌어 살기 위해
팔도에서 모인 젊은 청춘의 꿈들
하늘의 별처럼 얼굴을 내밀며

고향길 손꼽아 세어보던 나날
구름 타고 하루에도 몇 번씩 예행연습을 하던 설레는 마음
고향의 감 밤 대추 익어가는 소리 나를 부르고
논두렁 밭두렁 들꽃의 웃음소리도 들렸다

꿈에도 그리워했던 고향의 부모형제
끝없는 그리운 향수
달 따라가면 어머니 만날 수 있을까?
구름 따라가면 고향에 갈 수 있을까?
구로에서 비바람처럼 머물렀던 청춘의 숨결
보름달을 보며 추억이 된 인생편지를 읽어볼 거야

세월을 불러 모으던 희망의 보름달
먼먼 천리 만리 느껴졌던 고향 떠난 사람들을 보고
얼마나 마음 아파했을까?
올 한가위는 그 사람들의 추석이었으면 좋겠다

사랑의 공식

꽃밭에 사랑이 넘치니 향기일까요?
당신의 입술에서 풍겨 나온 향기와 닮았어요
나만 보면 사랑을 퍼주는 당신 마음
당신을 사랑하는 햇살 바람
당신이 좋아하는 꽃나무
그 모든 것이 당신이에요
당신의 세월을 사랑하는 것
제 사랑의 공식입니다
당신은 세월이고 나는 공간이니까요

만해 심우장

사람의 마음과 마음 사이
얼마나 높았을까 얼마나 넓었을까?
산보다 높고 강보다 넓었을까?
그 산 하나 그 강 하나 넘고 건너가지 못하고
하루하루 낮과 밤처럼 또 일이 생기고 또 일이 일어난다

내가 언제 일 못한 우매한 소를 키웠던가?
내 손에서 공부 못한 소를 잃은 적도 없다
그래도 눈앞에 잃었다고 생각하면
그래도 마음 한구석에 마구간을 허물지 못한다면
차라리 찾지 말고 소는 소대로 살게 고삐를 푼다

만해 스님 마지막 거처 마당 지킨 낙락장송
검은 상처 멍에처럼 매달린 내 가슴 보며
소를 키운 적 없었으니 우이독경 읽으라 한다
살아 보지 않은 세월을 깨닫게 해 준 심우장 바람 한 점
내 가슴에 안기어 새 한 마리 아름답게 말을 건넨다

꽃의 언어

꽃이 가장 예쁠 때는 웃고 있을 때지
꽃이 가장 사랑스러울 때는 말이 없을 때지
꽃의 웃음 속에는 모든 표현이 다 들어 있어
시처럼

꽃을 닮은 아름다운 마음을 가지면
꽃의 언어를 알아들을 수 있지
서로 닮은 사람끼리는 다 통하는 것처럼
그대와 나처럼

눈 위에 첫 발자국

밤새 어둠을 하얗게 색칠하며 내린 눈
무엇을 그려가라 펼쳐 놓았을까?
무슨 길을 걸어가라 온 세상이 하얗다

첫 발자국 딛고 어디로 갈까?
마음이 먼저 조심스럽게 묻는다
눈 위를 걷는 발걸음 꿈이 되는 길이다

하늘에서 복을 내려주는 날
아무 생각 없이 걸어갈 수 없어
하루를 시작하는 첫 발자국 행복을 내딛는다

나의 장갑

눈 오는 날
내 손을 따뜻하게 해 주는 장갑
빨간 장갑 노란 장갑 검은 장갑일까?
아니야
그대 따뜻한 사랑의 손이야

꽃이다

내가 사물을 바라볼 때는
어린 아이 걸음마 숨소리처럼 관찰한다
내가 삶을 바라볼 때는
어머니 사랑의 빛처럼 발견한다
내가 시를 쓸 때는 꽃이 된다
내가 시를 낭송할 때는 향기가 된다
세상 행복으로 가는 길에
나는 꽃이다

조규영 인문시집

사람의 잔치가 시작됐다

•

지은이 / 조규영
발행인 / 김영란
발행처 / **한누리미디어**
디자인 / 지선숙

•

08303, 서울시 구로구 구로중앙로18길 40, 2층(구로동)
전화 / (02)379-4514, 379-4519
Fax / (02)379-4516
E-mail/hannury2003@hanmail.net

•

신고번호 / 제 25100-2016-000025호
신고연월일 / 2016. 4. 11
등록일 / 1993. 11. 4

•

초판1쇄발행일 / 2017년 10월 25일
2쇄발행일 / 2017년 11월 20일

•

•

값 12,000원

•

•

ISBN 978-89-7969-760-5 03810